AF462362

FABLES
DE LOKMAN

Ya 821

CET OUVRAGE

SE VEND AUSSI À ALGER

CHEZ LES LIBRAIRES SUIVANTS :

BASTIDE, PLACE ROYALE;

BERNARD, RUE BAB-EL-OUED;

ET CHEZ TOUS LES AUTRES LIBRAIRES DE L'ALGÉRIE.

FABLES
DE LOKMAN

TEXTE ARABE

REVU SUR LES MEILLEURES ÉDITIONS
COLLATIONNÉ AVEC LE MANUSCRIT DE LA BIBLIOTHÈQUE DU ROI

ET SUIVI

D'UN DICTIONNAIRE

PAR ORDRE ALPHABÉTIQUE

DE TOUS LES MOTS QUI SE TROUVENT DANS CES FABLES

PAR M. CHERBONNEAU

MEMBRE DE LA SOCIÉTÉ ASIATIQUE

PARIS

IMPRIMERIE ROYALE

L. HACHETTE ET Cie

LIBRAIRES DE L'UNIVERSITÉ ROYALE DE FRANCE

A PARIS
RUE PIERRE-SARRAZIN, N° 12
(Quartier de l'École de Médecine)

A ALGER
RUE DE LA MARINE, N° 117
(Librairie centrale de la Méditerranée)

1847

1846

PRÉFACE.

La renommée du sage Lokmân est consacrée par le livre divin des musulmans (sourate 31, verset 11), et nous ne répéterons pas ici les traditions qui le concernent. Nous nous bornerons à dire qu'il paraît prouvé aujourd'hui que les fables qu'on lui attribue sont beaucoup plus modernes qu'on ne le croit généralement, et qu'elles n'appartiennent pas aux beaux temps de la langue arabe. Cette opinion s'appuie sur plusieurs considérations très-graves. Ainsi on a remarqué qu'elles étaient complétement dépourvues de ces figures et de ces métaphores dont le style des apologues était semé, chez les Arabes, à l'époque où il vivait, et qu'on n'y trouve point de ces sentences ni de ces locutions proverbiales dont leurs livres de morale sont si riches. On a observé, en outre, que les manuscrits diffèrent tellement entre eux, qu'on y rencontre, dans plusieurs endroits, des variantes de deux ou trois lignes; que la morale de chaque apologue n'est pas toujours présentée dans un sens ou avec des termes identiques, et qu'enfin le nombre des fables diffère suivant les manuscrits. Ce n'est donc point comme œuvre littéraire d'un ordre élevé, ni comme monument littéraire ancien, mais comme livre élémentaire propre à faciliter la première étude de la langue arabe, que nous publions ce recueil. Il n'est pas inutile de dire quelques mots des principales éditions qui en ont été publiées antérieurement.

Le recueil des fables attribuées à Lokmân était déjà connu en Europe par les éditions d'Erpenius et de Golius, lorsque M. Marcel en publia le texte et la traduction française en 1799 et en 1803. Cette publication reçut un accueil flatteur. Consacrée dans les écoles à l'enseignement de l'arabe littéral, elle devint un livre classique. Nous citerons, ensuite, l'édition que publia, en 1819, M. Caussin de Perceval père, et que reproduisit M. Freytag, en 1822, dans sa Chrestomathie, avec quelques modifications. Nous mentionnerons enfin les deux éditions données par M. Schier, d'après le manuscrit de la bibliothèque de Paris et celui de l'université d'Oxford, qui confirme, en général, les leçons du premier.

C'est la dernière de ces éditions (Leipsick, 1829) qui a servi de base à notre travail. Grâce à l'obligeante communication de M. Caussin de Perceval, qui a bien voulu mettre à notre disposition un exemplaire, corrigé par lui, de l'édition de M. Caussin de Perceval, son père, nous avons pu faire disparaître un assez grand nombre de fautes graves qui rendaient souvent inintelligible le texte donné par M. Schier. Nous devons à M. Derenbourg le changement du titre de la fable 17, la leçon mise dans le texte de la fable 27, et les deux leçons que nous avons placées en bas des fables 19 et 41.

Pour rendre plus facile l'analyse d'un texte destiné au premier enseignement de la langue arabe, nous avons cru devoir y introduire des signes de ponctuation imités de ceux qui servent à tous les peuples de l'Europe[1]. Quand le lecteur se sera familiarisé par ce moyen avec la marche de la phrase arabe, il pourra lire, avec moins de difficultés, les éditions savantes et les manuscrits, où le texte n'est coupé que de loin en loin par les deux ou trois signes de ponctuation admis par les Arabes.

[1] L'Imprimerie royale, dont la règle est de maintenir les traditions et les usages, a bien voulu, sur l'avis de plusieurs savants orientalistes, consentir à cette innovation typographique dans nos livres arabes élémentaires.

أَمْثَالُ وَمَعَانِي
لِلُقْمَانَ ٱلْحَكِيمِ

أَمْثَالُ وَمَعَانِي لِلُقْمَانَ ٱلْحَكِيمِ.

١ أَسَدٌ وَثَوْرَانِ.

أَسَدٌ مَرَّةً خَرَجَ عَلَى ثَوْرَيْنِ. فَٱجْتَمَعَا جَمِيعًا وَكَانَا يَنْطَحَانِهِ بِقُرُونِهِمَا, وَلَا يُمَكِّنَانِهِ مِنَ ٱلدُّخُولِ بَيْنَهُمَا. فَٱنْفَرَدَ بِأَحَدِهِمَا وَخَدَعَهُ وَوَعَدَهُ أَلَّا يُعَارِضَهُ, إِنْ تَخَلَّى عَنْ صَاحِبِهِ. فَلَمَّا ٱفْتَرَقَا ٱفْتَرَسَهُمَا جَمِيعًا.

هَذَا مَعْنَاهُ :

أَنَّ مَدِينَتَيْنِ, إِذَا ٱتَّفَقَ عَلَى رَأْيٍ وَاحِدٍ أَهْلُهُمَا, فَإِنَّهُ لَا يُمْكِنُ مِنْهُمَا عَدُوٌّ ; فَإِذَا ٱفْتَرَقَا هَلِكَا جَمِيعًا.

٢ غَزَالٌ.

إِيَّلٌ, يَعْنِي غَزَالٌ, مَرَّةً عَطِشَ. فَأَتَى إِلَى عَيْنِ مَآءٍ يَشْرَبُ. فَنَظَرَ خَيَالَهُ فِي ٱلْمَآءِ, فَحَزِنَ لِدِقَّةِ قَوَائِمِهِ وَسُرَّ وَٱبْتَهَجَ لِعِظَمِ قُرُونِهِ وَكِبَرِهَا. وَفِي ٱلْحَالِ خَرَجَ عَلَيْهِ ٱلصَّيَّادُونَ , فَٱنْهَزَمَ مِنْهُمْ. فَأَمَّا وَهُوَ فِي ٱلسَّهْلِ فَلَمْ يُدْرِكُوهُ. فَلَمَّا دَخَلَ فِي ٱلْجَبَلِ وَعَبَرَ بَيْنَ ٱلشَّجَرِ, فَلَحِقَهُ ٱلصَّيَّادُونَ وَقَتَلُوهُ. فَقَالَ عِنْدَ

مَوْتِهِ : ٱلْوَيْلُ لِي، أَنَا ٱلْمِسْكِينُ! ٱلَّذِي ٱزْدَرَيْتُهُ هُوَ خَلَّصَنِي، وَٱلَّذِي رَجَوْتُهُ أَهْلَكَنِي.

٣ غَزَالٌ.

غَزَالٌ مَرَّةً مَرِضَ . فَكَانَ أَصْحَابُهُ مِنَ ٱلْوُحُوشِ يَأْتُونَ إِلَيْهِ يَعُودُونَهُ ، وَيَرْعَوْنَ مَا حَوْلَهُ مِنَ ٱلْحَشِيشِ وَٱلْعُشْبِ. فَلَمَّا أَفَاقَ مِنْ مَرَضِهِ ٱلْتَمَسَ شَيْئًا لِيَأْكُلَهُ ، فَلَمْ يَجِدْ ، فَهَلَكَ جُوعًا.

هٰذَا مَعْنَاهُ :

مَنْ كَثُرَ أَهْلُهُ، كَثُرَتْ أَحْزَانُهُ.

٤ أَسَدٌ وَثَعْلَبٌ.

أَسَدٌ مَرَّةً ٱشْتَدَّ عَلَيْهِ حَرُّ ٱلشَّمْسِ . فَدَخَلَ إِلَى بَعْضِ ٱلْمَغَايِرِ يَتَظَلَّلُ بِهَا. فَلَمَّا رَبَضَ أَتَى إِلَيْهِ جُرَذٌ يَمْشِي عَلَى ظَهْرِهِ. فَوَثَبَ قَائِمًا ، فَنَظَرَ يَمِينًا وَيَسَارًا، وَهُوَ خَائِفٌ مَرْعُوبٌ. فَنَظَرَهُ ٱلثَّعْلَبُ ، فَضَحِكَ عَلَيْهِ. فَقَالَ لَهُ ٱلْأَسَدُ : لَيْسَ مِنَ ٱلْجُرَذِ خَوْفِي، وَإِنَّمَا كَبُرَ عَلَيَّ ٱحْتِقَارِي.

هَذَا مَعْنَاهُ :

أَنَّ ٱلْهَوَانَ عَلَى ٱلْعَاقِلِ أَشَدُّ مِنَ ٱلْمَوْتِ.

---

٥ أَسَدٌ وَثَوْرٌ.

أَسَدٌ مَرَّةً أَرَادَ يَفْتَرِسُ ثَوْرًا , فَلَمْ يَجْسُرْ عَلَيْهِ لِشِدَّتِهِ. فَمَضَى إِلَيْهِ لِيَحْتَالَ عَلَيْهِ قَائِلًا : إِعْلَمْ أَنَّنِي قَدْ ذَبَحْتُ خَرُوفًا سَمِينًا, وَأَشْتَهِي أَنْ تَأْكُلَ عِنْدِي فِي هَذِهِ ٱللَّيْلَةِ خُبْزًا. فَأَجَابَهُ إِلَى ذَلِكَ; فَلَمَّا وَصَلَ إِلَى ٱلْمَوْضِعِ وَنَظَرَ, وَإِذَا بِحَطَبٍ كَثِيرٍ وَخَلْقِينٍ كَبِيرٍ; فَوَلَّى ٱلثَّوْرُ هَارِبًا لَمَّا عَايَنَ ذَلِكَ. فَقَالَ لَهُ ٱلْأَسَدُ : لِمَاذَا وَلَّيْتَ بَعْدَ مَجِيئِكَ إِلَى هَاهُنَا؟ فَقَالَ لَهُ ٱلثَّوْرُ : لِأَنَّنِي عَلِمْتُ أَنَّ هَذَا ٱلْإِسْتِعْدَادَ لِمَا هُوَ أَكْبَرُ مِنَ ٱلْخَرُوفِ.

هَذَا مَعْنَاهُ :

أَنَّهُ مَا سَبِيلُ ٱلْعَاقِلِ أَنْ يُصَدِّقَ عَدُوَّهُ وَلَا يَأْنَسَ إِلَيْهِ.

---

٦ أَسَدٌ وَثَعْلَبٌ.

أَسَدٌ مَرَّةً شَاخَ وَضَعُفَ وَلَمْ يَقْدِرْ عَلَى شَيْءٍ مِنَ ٱلْوُحُوشِ. فَأَرَادَ أَنْ يَحْتَالَ لِنَفْسِهِ فِي ٱلْمَعِيشَةِ؛ فَتَمَارَضَ وَأَلْقَى نَفْسَهُ فِي بَعْضِ ٱلْمَغَائِرِ. وَكَانَ كُلَّمَا أَتَاهُ شَيْءٌ مِنَ ٱلْوُحُوشِ لِيَعُودَهُ ٱفْتَرَسَهُ دَاخِلَ ٱلْمَغَارَةِ وَأَكَلَهُ. فَأَتَى ٱلثَّعْلَبُ عَائِدًا لَهُ. فَوَقَفَ عَلَى بَابِ ٱلْمَغَارَةِ مُسَلِّمًا عَلَيْهِ قَائِلًا لَهُ: كَيْفَ حَالُكَ، يَا سَيِّدَ ٱلْوُحُوشِ؟ فَقَالَ لَهُ ٱلْأَسَدُ: لِمَاذَا لَا تَدْخُلُ يَا أَبَا ٱلْحُصَيْنِ؟ فَقَالَ لَهُ ٱلثَّعْلَبُ: يَا سَيِّدِي، قَدْ كُنْتُ عَوَّلْتُ عَلَى ذَلِكَ، غَيْرَ أَنَّنِي أَرَا عِنْدَكَ آثَارَ أَقْدَامٍ كَثِيرَةٍ قَدْ دَخَلُوا، وَلَا أَرَا أَنْ خَرَجَ مِنْهُمْ وَلَا وَاحِدٌ.

هَذَا مَعْنَاهُ:

أَنَّهُ مَا سَبِيلُ ٱلْإِنْسَانِ أَنْ يَهْجِمَ عَلَى أَمْرٍ أَوْ يُمَيِّزَهُ.

---

٧ أَسَدٌ وَإِنْسَانٌ.

أَسَدٌ مَرَّةً وَإِنْسَانٌ ٱصْطَحَبَا عَلَى ٱلطَّرِيقِ ; فَجَعَلَا يَتَشَاجَرَانِ بِٱلْكَلَامِ عَلَى ٱلْقُوَّةِ وَشِدَّةِ ٱلْبَأْسِ. فَجَعَلَ ٱلْأَسَدُ يُطْنِبُ فِي شِدَّتِهِ وَبَأْسِهِ. فَنَظَرَ ٱلْإِنْسَانُ عَلَى حَائِطٍ صُورَةَ رَجُلٍ وَهُوَ يَخْنُقُ ٱلْأَسَدَ (١). فَضَحِكَ ٱلْإِنْسَانُ. فَقَالَ لَهُ ٱلْأَسَدُ : لَوْ أَنَّ ٱلسِّبَاعَ مُصَوِّرُونَ مِثْلَ بَنِي آدَمَ, لَمَا قَدَرَ ٱلْإِنْسَانُ يَخْنُقُ سَبُعًا ; بَلْ كَانَ ٱلسَّبُعُ يَخْنُقُ ٱلْإِنْسَانَ.

هَذَا مَعْنَاهُ :

أَنَّهُ مَا يُزَكَّى ٱلْإِنْسَانُ بِشَهَادَةِ أَهْلِ بَيْتِهِ.

---

٨ غَزَالٌ وَأَسَدٌ.

غَزَالٌ مَرَّةً, مِنْ خَوْفِهِ مِنَ ٱلصَّيَّادِينَ, ٱنْهَزَمَ إِلَى مَغَارَةٍ. فَدَخَلَ إِلَيْهِ ٱلْأَسَدُ فَٱفْتَرَسَهُ. فَقَالَ فِي

---

(1) Ms. de la Bibliothèque royale, n° 540 أَسَدًا.

نَفْسِهِ : ٱلْوَيْلُ لِي, أَنَا ٱلشَّقِيُّ! لِأَنَّنِي هَرَبْتُ مِنَ ٱلنَّاسِ, وَوَقَعْتُ فِي يَدِ مَنْ هُوَ أَشَدُّ مِنْهُمْ بَأْسًا.

هَذَا مَعْنَاهُ:

مَنْ يَفِرُّ مِنْ خَوْفٍ يَسِيرٍ فَيَقَعُ فِي بَلَآءٍ عَظِيمٍ.

---

٩ غَزَالٌ وَثَعْلَبٌ.

غَزَالٌ مَرَّةً عَطِشَ, فَنَزَلَ إِلَى جُبِّ مَآءٍ, فَشَرِبَ مِنْهُ بِشَرَهٍ. ثُمَّ أَرَادَ ٱلطُّلُوعَ, فَلَمْ يَقْدِرْ. فَنَظَرَهُ ٱلثَّعْلَبُ, فَقَالَ لَهُ : يَا أَخِي, قَدْ أَسَأْتَ فِي فِعْلِكَ, إِذْ لَمْ تُمَيِّزْ كَيْفَ تَطْلَعُ وَبَعْدَ ذَلِكَ نَزَلْتَ.

هَذَا مَعْنَاهُ:

مَنْ يَنْفَرِدُ بِرَأْيِ نَفْسِهِ بِغَيْرِ مَشُورَةٍ.

---

١٠ أَرَانِبُ وَثَعَالِبُ.

أَلنُّسُورُ مَرَّةً وَقَعَ بَيْنَهُمْ وَبَيْنَ ٱلْأَرَانِبِ حَرْبٌ. فَمَضَتِ ٱلْأَرَانِبُ إِلَى ٱلثَّعَالِبِ يَسُومُونَ مِنْهُمْ ٱلْحِلْفَ

وَٱلْمُعَاضَدَةَ عَلَى ٱلنُّسُورِ. فَقَالُوا لَهُمْ : لَوْ لَا عَرَفْنَاكُمْ وَنَعْلَمُ بِمَنْ تُحَارِبُونَ, لَفَعَلْنَا ذَلِكَ.

هَذَا مَعْنَاهُ:

أَنَّهُ مَا سَبِيلُ ٱلْإِنْسَانِ أَنْ يُحَارِبَ مَنْ هُوَ أَشَدُّ بَأْسًا مِنْهُ.

---

١١ أَرْنَبٌ وَلَبُوءَةٌ.

أَرْنَبٌ مَرَّةً عَيَّرَتْ عَلَى لَبُوءَةٍ قَائِلَةً لَهَا : أَنَا أُنْتِجُ فِي كُلِّ سَنَةٍ أَوْلَادًا كَثِيرَةً, وَأَنْتِ إِنَّمَا تَلِدِينَ فِي كُلِّ عُمْرِكِ وَاحِدًا أَوِ ٱثْنَيْنِ. فَقَالَتْ لَهَا ٱللَّبُوءَةُ : صَدَقْتِ غَيْرَ أَنَّهُ وَإِنْ كَانَ وَاحِدًا فَهُوَ سَبُعَةٌ.

هَذَا مَعْنَاهُ:

أَنَّ وَلَدًا وَاحِدًا مُبَارَكًا خَيْرٌ مِنْ أَوْلَادٍ كَثِيرَةٍ عَاجِزِينَ.

---

١٢ مَرْأَةٌ وَدَجَاجَةٌ.

مَرْأَةٌ مَرَّةً كَانَ لَهَا دَجَاجَةٌ تَبِيضُ فِي كُلِّ

يَوْمٍ بَيْضَةَ فِضَّةٍ. فَقَالَتِ ٱلْمَرْأَةُ فِي نَفْسِهَا : إِنْ أَنَا كَثَّرْتُ عَلَفَهَا فَهِيَ تَبِيضُ بَيْضَتَيْنِ. فَلَمَّا كَثَّرَتْ عَلَفَهَا، إِنْشَقَّتْ حَوْصَلَتُهَا فَمَاتَتْ.

هَذَا مَعْنَاهُ :

أَنَّ نَاسًا كَثِيرًا بِسَبَبِ رِبْحٍ كَثِيرٍ يُهْلِكُونَ رَأْسَ مَالِهِمْ.

---

١٣ بَعُوضَةٌ وَثَوْرٌ.

بَعُوضَةٌ، يَعْنِي نَامُوسَةٌ، وَقَفَتْ عَلَى قَرْنِ ثَوْرٍ، فَظَنَّتْ أَنَّهَا قَدْ ثَقُلَتْ عَلَيْهِ. فَقَالَتْ لَهُ : إِنْ كُنْتُ قَدْ ثَقُلْتُ عَلَيْكَ، فَأَعْلِمْنِي حَتَّى أَطِيرَ عَنْكَ. فَقَالَ لَهَا ٱلثَّوْرُ : يَا هَذِهِ! أَنَا مَا حَسِسْتُ بِكِ فِي وَقْتِ نُزُولِكِ، وَلَا وَقْتَ تَطِيرِينَ أَعْلَمُ بِكِ.

هَذَا مَعْنَاهُ :

مَنْ يَطْلُبُ أَنْ يَجْعَلَ لَهُ ذِكْرًا وَمَجْدًا، وَهُوَ ضَعِيفٌ حَقِيرٌ.

---

١٤ إِنْسَانٌ وَٱلْمَوْتُ.

إِنْسَانٌ مَرَّةً حَمَلَ جُرْزَةَ حَطَبٍ ; فَثَقُلَتْ عَلَيْهِ. فَلَمَّا أَعْيَا وَضَجِرَ مِنْ حَمْلِهَا, رَمَى بِهَا عَنْ كَتِفِهِ وَدَعَا عَلَى رُوحِهِ بِٱلْمَوْتِ. فَشَخَصَ لَهُ ٱلْمَوْتُ قَائِلًا : هُوذَا أَنَا! لِمَاذَا دَعَوْتَنِي؟ فَقَالَ لَهُ ٱلْإِنْسَانُ : دَعَوْتُكَ لِتَرْفَعَ هَذِهِ جُرْزَةَ ٱلْحَطَبِ عَلَى كَتِفِي.

هَذَا مَعْنَاهُ :

أَنَّ ٱلْعَالَمَ بِأَسْرِهِ يُحِبُّ ٱلْحَيَاةَ ٱلدُّنْيَا, وَإِنَّمَا يَمَلُّونَ ٱلضُّعْفَ وَٱلشَّقَاءَ.

---

١٥ بُسْتَانِيٌّ.

بُسْتَانِيٌّ يَوْمًا كَانَ يَسْقِي ٱلْبَقْلَ. فَقِيلَ لَهُ : لِمَاذَا ٱلْبَقْلُ ٱلْبَرِّيّ بَهِيُّ ٱلْمَنْظَرِ, وَهُوَ غَيْرُ مَخْدُومٍ وَهَذَا ٱلْجَوِّيُّ سَرِيعُ ٱلذُّبُولِ وَٱلْعَطَبِ؟ قَالَ ٱلْبُسْتَانِيُّ : لِأَنَّ ٱلْبَرِّيَّ تُرَبِّيهِ أُمُّهُ وَهَذَا تُرَبِّيهِ ٱمْرَأَةُ أَبِيهِ.

BIBLIOTHÈQUE ROYALE I

هَذَا مَعْنَاهُ:

أَنَّ تَرْبِيَةَ ٱلْأُمِّ لِلْأَوْلَادِ أَفْضَلُ مِنْ تَرْبِيَةِ ٱمْرَأَةِ ٱلْأَبِ.

---

٢٦ إِنْسَانٌ وَصَنَمٌ.

إِنْسَانٌ كَانَ لَهُ صَنَمٌ فِي بَيْتِهِ يَعْبُدُهُ، وَكَانَ يَذْبَحُ لَهُ فِي كُلِّ يَوْمٍ ذَبِيحَةً؛ فَأَفْنَى جَمِيعَ مَا يَمْلِكُهُ عَلَى ذَلِكَ ٱلصَّنَمِ. فَشَخَصَ لَهُ ٱلصَّنَمُ قَائِلًا: لَا تُغْنِ مَا لَكَ عَلَيَّ ثُمَّ تَلُومَنِي (1) لِلْآخِرَةِ.

هَذَا مَعْنَاهُ:

مَنْ يُنْفِقُ مَالَهُ فِي ٱلْخَطِيئَةِ ثُمَّ يَحْتَجُّ أَنَّ ٱللَّهَ أَفْقَرَهُ.

---

٢٧ إِنْسَانٌ وَأَسْوَدُ.

إِنْسَانٌ مَرَّةً رَأَى رَجُلًا أَسْوَدَ وَهُوَ وَاقِعٌ فِي ٱلْمَاءِ يَسْتَحِمُّ. فَقَالَ لَهُ: يَا أَخِي، لَا تُعَكِّرِ ٱلنَّهْرَ؛ فَإِنَّكَ لَا تَسْتَطِيعُ ٱلْبَيَاضَ وَلَا تَقْدِرُ عَلَيْهِ أَبَدَ ٱلدَّهْرِ.

---

(1) Ms. de la Bibliothèque royale, n° 540 فِي ٱلْآخِرَةِ.

هَذَا مَعْنَاهُ:

أَنَّ ٱلْمَطْبُوعَ لَا يَتَغَيَّرُ طَبْعُهُ.

---

١٨ إِنْسَانٌ وَفَرَسٌ.

إِنْسَانٌ كَانَ يَرْكَبُ فَرَسًا وَكَانَتْ حَامِلًا. وَفِيمَا هُوَ فِي بَعْضِ ٱلطُّرُقِ أُنْتِجَتِ ٱبْنًا. فَتَبِعَ أُمَّهُ غَيْرَ بَعِيدٍ؛ ثُمَّ وَقَفَ وَقَالَ لِصَاحِبِهِ: يَا سَيِّدِي، هُوذَا تَرَانِي صَغِيرًا وَلَا أَسْتَطِيعُ ٱلْمَشْيَ، وَإِنْ مَضَيْتَ وَتَرَكْتَنِي هَاهُنَا هَلَكْتُ؛ وَإِنْ أَنْتَ أَخَذْتَنِي مَعَكَ وَرَبَّيْتَنِي إِلَى أَنْ أَقْوَى، حَمَلْتُكَ عَلَى ظَهْرِي وَأَوْصَلْتُكَ سَرِيعًا إِلَى حَيْثُ تَشَآءُ.

هَذَا مَعْنَاهُ:

أَنَّهُ يَجِبُ أَنْ يُسْدَى ٱلْمَعْرُوفُ لِأَهْلِهِ وَمُسْتَحِقِّيهِ وَلَا يَطْرَحُوهُ.

---

١٩ إِنْسَانٌ وَخِنْزِيرٌ.

إِنْسَانٌ مَرَّةً حَمَلَ عَلَى بَهِيمَةٍ كَبْشًا وَعَنْزًا

وَخِنْزِيرًا وَتَوَجَّهَ إِلَى ٱلْمَدِينَةِ لِيَبِيعَ ٱلْجَمِيعَ. فَأَمَّا ٱلْكَبْشُ وَٱلْعَنْزُ فَلَمْ يَكُونَا يَضْطَرِبَانِ عَلَى ٱلْبَهِيمَةِ؛ وَأَمَّا ٱلْخِنْزِيرُ فَإِنَّهُ كَانَ يَعْرِضُ دَائِمًا وَلَا يَهْدَأُ. فَقَالَ لَهُ ٱلْإِنْسَانُ: يَا أَشَرَّ ٱلْوُحُوشِ، لِمَاذَا ٱلْكَبْشُ وَٱلْعَنْزُ سُكُوتٌ لَا يَضْطَرِبَانِ، وَأَنْتَ لَا تَهْدَأُ وَلَا تَسْتَقِرُّ؟ فَقَالَ لَهُ ٱلْخِنْزِيرُ: يَا سَيِّدِي، كُلُّ وَاحِدٍ يَعْمَلُ (1) رَأْيَ نَفْسِهِ؛ فَأَنَا أَعْلَمُ أَنَّ ٱلْكَبْشَ لِصُوفِهِ وَٱلْعَنْزَ يُطْلَبُ لِلَبَنِهَا، وَأَنَا ٱلشَّقِيُّ لَا صُوفَ لِي وَلَا لَبَنَ؛ أَنَا عِنْدَ وُصُولِي إِلَى ٱلْمَدِينَةِ أُرْسَلُ إِلَى ٱلْمَسْلَخِ لَا مَحَالَةَ.

هٰذَا مَعْنَاهُ:

أَنَّ ٱلَّذِينَ يَغْرَقُونَ فِي ٱلْخَطَايَا وَٱلذُّنُوبِ ٱلَّتِي قَدَّمَتْ أَيْدِيهِمْ، يَعْلَمُونَ سُوءَ مُنْقَلِبِهِمْ وَمَاذَا تَكُونُ آخِرَتُهُمْ.

---

٢٠ سُلَحْفَاةٌ وَأَرْنَبٌ.

سُلَحْفَاةٌ وَأَرْنَبٌ مَرَّةً تَسَابَقَا وَجَعَلَا ٱلْحَدَّ بَيْنَهُمَا

(1) Ms. de la Bibliothèque royale يَعْلَمُ دَاءَ نَفْسِهِ.

ٱلْجَبَلَ يَسْتَبِقَانِ إِلَيْهِ. فَأَمَّا ٱلْأَرْنَبُ فَلِإِدْلَالِهِ بِخِفَّتِهِ وَجَرْيِهِ تَوَانَى فِي ٱلطَّرِيقِ وَنَامَ؛ وَأَمَّا ٱلسُّلَحْفَاةُ، فَلِعِلْمِهَا بِثِقَلِ طَبِيعَتِهَا لَمْ تَكُنْ تَسْتَقِرُّ وَلَا تَتَوَانَى فِي ٱلْجَرْيِ؛ فَوَصَلَتْ إِلَى ٱلْجَبَلِ عِنْدَ إِسْتِيقَاظِ ٱلْأَرْنَبِ مِنْ نَوْمِهِ.

هَذَا مَعْنَاهُ:

أَنَّ طُولَ ٱلرُّوحِ وَٱلْمُدَاوَمَةَ خَيْرٌ مِنَ ٱلْخِفَّةِ وَٱلْعَجَلَةِ.

---

٢٢ ذِئْبٌ.

ذِئْبٌ مَرَّةً ٱخْتَطَفَ خِنَّوْصًا صَغِيرًا؛ وَفِيمَا هُوَ ذَاهِبٌ بِهِ لَقِيَهُ ٱلْأَسَدُ فَأَخَذَهُ مِنْهُ. فَقَالَ ٱلذِّئْبُ فِي نَفْسِهِ: أَتَعَجَّبُ أَنَّ شَيْئًا قَدِ ٱغْتَصَبْتُهُ، كَيْفَ لَمْ يَثْبُتْ مَعِي.

هَذَا مَعْنَاهُ:

أَنَّ مَا يُكْسَبُ مِنَ ٱلظُّلْمِ لَا يُقِيمُ مَعَ صَاحِبِهِ، وَإِنْ هُوَ أَقَامَ مَعَهُ فَلَا يَتَهَنَّأُ بِهِ.

---

٢٢ ٱلْعَوْسَجُ .

قَالَ ٱلْعَوْسَجُ مَرَّةً لِلْبُسْتَانِيِّ : لَوْ أَنَّ لِي مَنْ يَهْتَمُّ بِي وَيَنْصُبُنِي فِي وَسْطِ ٱلْبُسْتَانِ وَيَسْقِينِي وَيَخْدُمُنِي ; لَكَانُوا ٱلْمُلُوكُ يَشْتَهُونَ يَنْظُرُونَ زَهْرِي وَثَمَرِي. فَأَخَذَهُ وَنَصَبَهُ فِي وَسْطِ ٱلْبُسْتَانِ فِي أَجْوَدِ ٱلْأَرْضِ, وَكَانَ يَسْقِيهِ فِي كُلِّ يَوْمٍ دَفْعَتَيْنِ. فَنَشَا وَقَوِيَ شَوْكُهُ وَتَفَرَّعَتْ أَغْصَانُهُ عَلَى جَمِيعِ ٱلشَّجَرِ ٱلَّتِي حَوْلَهُ, فَجَافَتْ وَأَصَلَتْ عُرُوقُهُ فِي ٱلْأَرْضِ, وَٱمْتَلَأَ ٱلْبُسْتَانُ مِنْهُ; وَمِنْ كَثْرَةِ شَوْكِهِ لَمْ يَكُنْ أَحَدٌ يَسْتَطِيعُ أَنْ يَتَقَدَّمَ إِلَيْهِ.

هَذَا مَعْنَاهُ:

مَنْ يُجَاوِرُ إِنْسَانَ ٱلسُّوءِ, فَإِنَّهُ كُلَّمَا أَكْرَمَهُ, ٱشْتَدَّ شَرُّهُ وَتَمَرُّدُهُ ; وَكُلَّمَا أَحْسَنَ إِلَيْهِ, أَسَآءَ هُوَ ٱلْفِعْلَ مَعَهُ.

---

٢٣ أَسْوَدُ .

أَسْوَدُ مَرَّةً فِي يَوْمٍ ثَلْجٍ ثَالِجٍ نَزَعَ ثِيَابَهُ وَأَقْبَلَ

يَأْخُذُ ٱلثَّلْجَ وَيَعْرُكُ بِهِ جِسْمَهُ. فَقِيلَ لَهُ : لِمَاذَا تَعْرُكُ جِسْمَكَ بِٱلثَّلْجِ ؟ فَقَالَ : لَعَلِّي أَبْيَضُّ. فَأَجَابَهُ رَجُلٌ حَكِيمٌ قَائِلًا لَهُ : يَا هَذَا! لَا تُتْعِبْ نَفْسَكَ ; فَقَدْ يُمْكِنُ أَنَّ جِسْمَكَ يُسَوِّدُ ٱلثَّلْجَ وَهُوَ لَا يَزْدَادُ إِلَّا سَوَادًا.

هَذَا مَعْنَاهُ :

أَنَّ ٱلشِّرِّيرَ يَقْدِرُ أَنْ يُفْسِدَ ٱلْخَيِّرَ, وَأَمَّا ٱلْخَيِّرُ لَا يَقْدِرُ أَبَدًا عَلَى إِصْلَاحِ ٱلشِّرِّيرِ.

---

٢٤ خُنْفَسَةٌ وَنَحْلَةٌ.

خُنْفَسَةٌ مَرَّةً قَالَتْ لِنَحْلَةِ ٱلْعَسَلِ : لَوْ أَخَذْتِنِي مَعَكِ, لَعَمِلْتُ عَسَلاً مِثْلَكِ وَأَكْثَرَ. فَأَجَابَتْهَا ٱلنَّحْلَةُ إِلَى ذَلِكَ. فَلَمَّا لَمْ تَقْدِرِ ٱلْخُنْفَسَةُ عَلَى مِثْلِ ذَلِكَ, فَضَرَبَتْهَا ٱلنَّحْلَةُ بِحُمَتِهَا فَمَاتَتْ. فَقَالَتْ عِنْدَ مَوْتِهَا : لَقَدِ ٱسْتَوْجَبْتُ مَا نَالَنِي مِنَ ٱلسُّوءِ ; فَلَمْ يَكُنْ لِي بَصِيرَةٌ بِعَمَلِ ٱلزِّفْتِ, لِمَاذَا ٱلْتَمَسْتُ عَمَلَ ٱلشَّهْدِ ؟

هَذَا مَعْنَاهُ :

مَنْ يَتَحَلَّى بِمَا لَيْسَ لَهُ وَيَدَّعِي عَمَلَ مَا يَتَّجِهُ لَهُ .

---

٢٥ صَبِيٌّ .

صَبِيٌّ مَرَّةً رَمَى نَفْسَهُ فِي نَهْرِ مَاءٍ وَلَمْ يَكُنْ يَعْرِفُ يَسْبَحُ. فَأَشْرَفَ عَلَى ٱلْغَرَقِ؛ فَٱسْتَعَانَ بِرَجُلٍ عَابِرِ ٱلطَّرِيقِ. فَأَقْبَلَ إِلَيْهِ وَجَعَلَ يَلُومُهُ عَلَى نُزُولِهِ إِلَى ٱلنَّهْرِ. فَقَالَ لَهُ ٱلصَّبِيُّ : يَا هَذَا خَلِّصْنِي أَوَّلًا مِنَ ٱلْمَوْتِ وَبَعْدَ ذَلِكَ لُمْنِي.

هَذَا مَعْنَاهُ :

أَنَّهُ لَا يَجِبُ أَنْ يُلَامَ ٱلْإِنْسَانُ عِنْدَ وُقُوعِهِ فِي شِدَّةٍ فِي غَيْرِ مَوْضِعِ ٱللَّوْمِ .

---

٢٦ صَبِيٌّ وَعَقْرَبٌ.

صَبِيٌّ مَرَّةً كَانَ يَصِيدُ ٱلْجَرَادَ. فَنَظَرَ عَقْرَبًا , فَظَنَّ أَنَّهَا جَرَادَةٌ كَبِيرَةٌ؛ فَمَدَّ يَدَهُ لِيَأْخُذَهَا ,

ثُمَّ تَبَاعَدَ عَنْهَا. فَقَالَتْ لَهُ: أَمَا لَوْ أَنَّكَ تَقْبِضُنِي فِي يَدِكَ، لَكُنْتَ تَتُوبُ عَنْ صَيْدِ ٱلْجَرَادِ.

هَذَا مَعْنَاهُ:

أَنَّ سَبِيلَ ٱلْإِنْسَانِ أَنْ يُمَيِّزَ ٱلْخَيْرَ مِنَ ٱلشَّرِّ وَيُدَبِّرَ لِكُلِّ شَيْءٍ تَدْبِيرًا عَلَى حِدَةٍ.

---

٢٧ حَمَامَةٌ.

حَمَامَةٌ مَرَّةً عَطِشَتْ؛ فَأَقْبَلَتْ تَحُومُ فِي طَلَبِ ٱلْمَاءِ؛ فَنَظَرَتْ عَلَى حَائِطٍ صُورَةَ صَحْفَةٍ مَمْلُوَّةٍ مَاءً. فَطَارَتْ بِسُرْعَةٍ وَضَرَبَتْ نَفْسَهَا إِلَى تِلْكَ ٱلصُّورَةِ. فَٱنْشَقَّتْ حَوْصَلَتُهَا. فَقَالَتِ: ٱلْوَيْلُ لِي، أَنَا ٱلشَّقِيَّةُ! لِأَنَّنِي أَسْرَعْتُ فِي طَلَبِ ٱلْمَاءِ وَأَهْلَكْتُ رُوحِي.

هَذَا مَعْنَاهُ:

أَنَّ ٱلتَّأْخِيرَ وَٱلتَّأَنِّيَ عَلَى ٱلْأَشْيَاءِ خَيْرٌ مِنَ ٱلْمُبَادَرَةِ وَٱلْمُسَارَعَةِ إِلَيْهَا.

---

٢٨ قِطٌّ.

قِطٌّ مَرَّةً دَخَلَ إِلَى دُكَّانِ حَدَّادٍ، فَأَصَابَ ٱلْمِبْرَدَ مَرْمِيًّا. فَأَقْبَلَ يَلْحَسُهُ بِلِسَانِهِ؛ وَلِسَانُهُ يَسِيلُ مِنْهُ ٱلدَّمُ؛ وَهُوَ يَبْلَعُهُ وَيَظُنُّ أَنَّهُ مِنَ ٱلْمِبْرَدِ، إِلَى أَنِ ٱنْشَقَّ لِسَانُهُ وَفَنِيَ.

هٰذَا مَعْنَاهُ:

مَنْ يُنْفِقُ مَالَهُ بِغَيْرِ ٱلْوَاجِبِ، ثُمَّ أَنَّهُ لَا يَحْسِبُ حَتَّى يُفْلِسَ وَهُوَ لَا يَعْلَمُ.

---

٢٩ حَدَّادٌ وَكَلْبٌ.

حَدَّادٌ مَرَّةً كَانَ لَهُ كَلْبٌ؛ وَكَانَ لَا يَزَالُ نَائِمًا مَا دَامَ ٱلْحَدَّادُ يَعْمَلُ شُغْلًا. فَإِذَا رَفَعَ ٱلْعَمَلَ يَجْلِسُ هُوَ وَأَصْحَابُهُ لِيَأْكُلُوا خُبْزًا، فَٱسْتَيْقَظَ ذٰلِكَ ٱلْكَلْبُ وَيَقُومُ وَاقِفًا. فَقَالَ لَهُ ٱلْحَدَّادُ: يَا كَلْبَ ٱلسُّوءِ! لِأَيِّ سَبَبٍ صَوْتُ ٱلْمِرْزَبَاتِ ٱلَّتِي تُزَعْزِعُ ٱلْأَرْضَ لَا يُيَقِّظُكَ، وَصَوْتُ ٱلْمَضْغِ ٱلْخَفِيِّ إِذَا أَنْتَ سَمِعْتَهُ، فَتُفِيقُ وَتَقِفُ وَاقِفًا؟

هَذَا مَعْنَاهُ :

مَنْ يَسْمَعُ مَا لَا يُصْلِحُ شَأْنَهُ وَيَتَغَافَلُ عَمَّا فِيهِ مَنْفَعَةٌ.

---

٣٠ كِلَابٌ وَثَعْلَبٌ.

كِلَابٌ مَرَّةً أَصَابُوا جِلْدَ سَبُعٍ، فَأَقْبَلُوا عَلَيْهِ يَنْهَشُونَهُ. فَنَظَرَهُمُ ٱلثَّعْلَبُ؛ فَقَالَ لَهُمْ : أَمَا لَوْ أَنَّهُ كَانَ حَيًّا، لَرَأَيْتُمْ مَخَالِبَهُ أَحَدَّ مِنْ أَنْيَابِكُمْ وَأَطْوَلَ.

هَذَا مَعْنَاهُ :

ٱلَّذِينَ يَشْتِمُونَ بِقَوْمٍ أَجِلَّاءَ ٱلْمِقْدَارِ، إِذَا هُمْ تَضَعْضَعَتْ أَحْوَالُهُمْ.

---

٣١ كَلْبٌ وَأَرْنَبٌ.

كَلْبٌ مَرَّةً طَرَدَ أَرْنَبًا؛ فَلَمَّا أَدْرَكَهُ، قَبَضَ عَلَيْهِ وَأَقْبَلَ يَعَضُّهُ بِأَنْيَابِهِ. فَإِذَا ٱلدَّمُ قَدْ جَرَى، لَحِسَهُ بِلِسَانِهِ. فَقَالَ ٱلْأَرْنَبُ : أَرَاكَ تَعَضُّنِي كَأَنِّي عَدُوُّكَ؛ ثُمَّ تَبُوسُنِي كَأَنَّكَ صَدِيقِي.

هَذَا مَعْنَاهُ :

مَنْ يَكُونُ فِى قَلْبِهِ غِشٌّ وَدَغَلٌ وَيُظْهِرُ إِشْفَاقًا وَمَحَبَّةً .

---

٣٢ اَلْبَطْنُ وَٱلرِّجْلَانِ .

اَلْبَطْنُ وَٱلرِجْلَانِ تَخَاصَمَا فِيمَا بَيْنَهُمَا أَيُّهُمَا يَحْمِلُ ٱلْجِسْمَ . فَقَالَتِ ٱلرِّجْلَانِ : نَحْنُ بِقُوَّتِنَا نَحْمِلُ ٱلْجِسْمَ جَمِيعَهُ . فَقَالَ ٱلْجَوْفُ : أَنَا إِنْ لَمْ أَنَلْ مِنَ ٱلطَّعَامِ شَيْئًا , فَإِنَّكُمَا لَا تَسْتَطِيعَانِ ٱلْمَشْىَ , فَضْلًا أَنْ تَحْمِلَا شَيْئًا .

هَذَا مَعْنَاهُ :

مَنْ يَتَوَلَّى أَمْرًا , فَإِنْ لَمْ يَعْضُدْهُ ٱلَّذِى هُوَ أَرْفَعُ مِنْهُ وَأَشَدُّ مِنْهُ وَإِلَّا , فَمَا لَهُ قُدْرَةٌ عَلَى خِدْمَتِهِ , وَلَا مَنْفَعَةَ لِرُوحِهِ أَيْضًا .

---

٣٣ اَلنِّمْسُ وَٱلدَّجَاجُ .

بَلَغَ ٱلنِّمْسَ أَنَّ ٱلدَّجَاجَ مَرْضَى . فَقَامَ ٱلنِّمْسُ فَلَبِسَ جِلْدَ طَاوُسٍ وَأَتَى يَزُورُهُنَّ , فَقَالَ لَهُنَّ :

ٱلسَّلَامُ عَلَيْكُنَّ أَيَّتُهَا ٱلدَّجَاجُ, كَيْفَ أَنْتُنَّ, وَكَيْفَ حَالُكُنَّ؟ فَقَالَ لَهُ ٱلدَّجَاجُ: مَا نَحْنُ إِلَّا بِخَيْرٍ يَوْمَ لَا نَرَى وَجْهَكَ.

هٰذَا مَعْنَاهُ:

مَنْ يُظْهِرُ ٱلْمَحَبَّةَ مُرَآءَةً, وَفِي قَلْبِهِ ٱلدَّغَلُ.

---

٣٤ ٱلشَّمْسُ وَٱلرِّيحُ.

ٱلْبَرْدُ وَٱلْحَرُّ تَخَاصَمَا فِيمَا بَيْنَهُمَا مَنْ مِنْهُمَا يَقْدِرُ أَنْ يُجَرِّدَ ٱلْإِنْسَانَ ٱلثِّيَابَ. فَقَامَ ٱلرِّيحُ, فَٱشْتَدَّتْ بِٱلْهُبُوبِ وَعَصَفَتْ جِدًّا. فَكَانَ ٱلْإِنْسَانُ إِذَا ٱشْتَدَّتْ هُبُوبُ ٱلرِّيحِ ضَمَّ ثِيَابَهُ إِلَيْهِ وَٱلْتَفَّ بِهَا مِنْ كُلِّ جَانِبٍ. فَلَمْ تَقْدِرِ ٱلرِّيحُ عَلَى خَلْعِ ثِيَابِهِ مِنْ جَسَدِهِ بِشِدَّةِ عَصْفِهَا. فَلَمَّا أَشْرَقَتِ ٱلشَّمْسُ وَٱرْتَفَعَ ٱلنَّهَارُ وَٱشْتَدَّ ٱلْحَرُّ وَحَمِيَتِ ٱلرَّمْضَاءُ, فَخَلَعَ ٱلْإِنْسَانُ ثِيَابَهُ وَحَمَلَهَا عَلَى كَتِفِهِ مِنْ شِدَّةِ ٱلْحَرِّ.

هٰذَا مَعْنَاهُ :

مَنْ كَانَ مَعَهُ ٱلِاتِّضَاعُ وَحُسْنُ ٱلْخُلْقِ, يَنَالُ مِنْ صَاحِبِهِ مَا يُرِيدُهُ.

---

٣٥ دِيكَانِ.

دِيكَانِ تَقَاتَلَا ; فَفَرَّ أَحَدُهُمَا ٱلَّذِي ٱنْغَلَبَ, وَمَضَى وَٱخْتَفَى فِي بَعْضِ ٱلْأَمَاكِنِ. فَأَمَّا ٱلدِّيكُ ٱلَّذِي غَلَبَ, فَإِنَّهُ صَعِدَ فَوْقَ سَطْحٍ عَالٍ وَجَعَلَ يُصَفِّقُ بِجَنَاحَيْهِ وَيَصِيحُ وَيَفْتَخِرُ. فَنَظَرَهُ بَعْضُ ٱلْجَوَارِحِ ; فَٱنْقَضَّ عَلَيْهِ وَٱخْتَطَفَهُ لِوَقْتِهِ.

هٰذَا مَعْنَاهُ :

أَنَّهُ لَا يَجُوزُ لِلْإِنْسَانِ أَنْ يَفْتَخِرَ بِقُوَّتِهِ.

---

٣٦ ذِئَابٌ.

ذِئَابٌ مَرَّةً أَصَابُوا جُلُودَ بَقَرٍ فِي جَوْرَةِ مَاءٍ تُبَلُّ ; وَلَيْسَ عِنْدَهَا أَحَدٌ. فَٱتَّفَقُوا كُلُّهُمْ جَمِيعًا عَلَى أَنَّهُمْ يَشْرَبُونَ ٱلْمَاءَ كُلَّهُ حَتَّى يَصِلُوا

لِلْجُلُودِ وَيَأْكُلُوهَا. فَمِنْ كَثْرَةِ مَا شَرِبُوهُ ٱنْفَلَقُوا كُلُّهُمْ وَمَاتُوا، وَلَمْ يَصِلُوا إِلَى ٱلْجُلُودِ.

هَذَا مَعْنَاهُ:

مَنْ هُوَ قَلِيلُ ٱلرَّأْيِ وَيَعْمَلُ عَمَلًا كَمَا لَا يَجِبُ عَمَلُهُ.

---

٣٧ ٱلْوَزُّ وَٱلْخُطَّافُ.

ٱلْوَزُّ وَٱلْخُطَّافُ ٱشْتَرَكَا فِي ٱلْمَعِيشَةِ. فَكَانَ مَرْعَى ٱلْجَمِيعِ فِي مَكَانٍ وَاحِدٍ. وَلَمَّا كَانَ ذَاتَ يَوْمٍ، أَتَوْهُمَا ٱلصَّيَّادُونَ. فَأَمَّا ٱلْخُطَّافُ، فَلِأَجْلِ خِفَّتِهِ طَارَ جَمِيعُهُ وَسَلِمَ؛ وَأَمَّا ٱلْوَزُّ، فَأَدْرَكُوهُ ٱلصَّيَّادُونَ فَذَبَحُوهُ.

هَذَا مَعْنَاهُ:

مَنْ يُعَاشِرُ مَنْ لَا يُشَاكِلُهُ وَلَيْسَ هُوَ ٱبْنَ جِنْسِهِ.

---

٣٨ كَلْبٌ وَذِئْبٌ.

كَلْبٌ مَرَّةً كَانَ يَطْرُدُ ذِئْبًا وَيَفْتَخِرُ بِقُوَّتِهِ

وَخِفَّةِ جَرْيِهِ وَٱنْهِزَامِ ٱلذِّئْبِ بَيْنَ يَدَيْهِ. فَٱلْتَفَتَ إِلَيْهِ ٱلذِّئْبُ قَائِلًا لَهُ : لَا تَظُنَّ أَنَّ خَوْفِي مِنْكَ, وَإِنَّمَا خَوْفِي مِمَّنْ هُوَ مَعَكَ يَطْرُدُنِي.

هَذَا مَعْنَاهُ :

أَنَّهُ لَا يَفْتَخِرُ ٱلإِنْسَانُ إِلَّا بِمَا هُوَ لَهُ وَلَا يَكُونُ إِفْتِخَارُهُ بِمَا لَيْسَ لَهُ.

---

٣٩ كَلْبَانِ.

كَلْبٌ مَرَّةً كَانَ فِي دَارِ أَصْحَابِهِ دَعْوَةٌ . فَخَرَجَ إِلَى ٱلسُّوقِ, فَلَقِيَ كَلْبًا آخَرَ. فَقَالَ لَهُ : ٱعْلَمْ أَنَّ عِنْدَنَا ٱلْيَوْمَ دَعْوَةٌ . فَٱمْضِ بِنَا لِنَقْصِفَ ٱلْيَوْمَ جَمِيعًا; فَمَضَى مَعَهُ. فَدَخَلَ بِهِ إِلَى ٱلْمَطْبَخِ. فَلَمَّا نَظَرُوهُ ٱلْخُدَّامُ, قَبَضَ أَحَدُهُمْ عَلَى ذَنَبِهِ وَرَمَى بِهِ مِنَ ٱلْحَائِطِ إِلَى خَارِجِ ٱلدَّارِ. فَوَقَعَ مَغْشِيًّا عَلَيْهِ. فَلَمَّا أَفَاقَ وَٱنْتَفَضَ مِنَ ٱلتُّرَابِ فَرَأَوْهُ أَصْحَابُهُ, فَقَالُوا : أَيْنَ كُنْتَ ٱلْيَوْمَ؟ فَكُنْتَ تَقْصِفُ؟ فَإِنَّنَا نَرَاكَ مَا خَرَجْتَ ٱلْيَوْمَ تَدْرِي كَيْفَ ٱلطَّرِيقَ.

هَذَا مَعْنَاهُ:

أَنَّ كَثِيرِينَ يَتَطَفَّلُونَ فَيَخْرُجُونَ مَطْرُودِينَ بَعْدَ ٱلْإِسْتِخْفَافِ بِهِمْ وَٱلْهَوَانِ.

---

٤٠ إِنْسَانٌ وَحَيَّتَانِ.

إِنْسَانٌ مَرَّةً نَظَرَ حَيَّتَيْنِ تَقْتَتِلَانِ وَتَتَنَاهَشَانِ، وَإِذَا بِحَيَّةٍ أُخْرَى قَدْ أَتَتْ، فَأَصْلَحَتْ بَيْنَهُمَا. فَقَالَ لَهَا ٱلْإِنْسَانُ: لَوْ لَا أَنَّكِ أَشَرُّ مِنْهُمَا، لَمْ تَدْخُلِي بَيْنَهُمَا.

هَذَا مَعْنَاهُ:

أَنَّ إِنْسَانَ ٱلسُّوءِ يَسِيرُ إِلَى أَبْنَاءِ جِنْسِهِ.

---

٤١ كَلْبٌ وَشُوحَةٌ.

كَلْبٌ مَرَّةً خَطِفَ بَضْعَةَ لَحْمٍ مِنَ ٱلْمَسْلَخِ، وَنَزَلَ يَخُوضُ فِي ٱلنَّهْرِ، فَنَظَرَ خَيَالَهَا فِي ٱلْمَاءِ، وَإِذَا هِيَ أَكْبَرُ مِنَ ٱلَّتِي مَعَهُ. فَرَمَى ٱلَّتِي مَعَهُ، فَٱنْحَدَرَتْ شُوحَةٌ فَأَخَذَتْهَا. وَجَعَلَ ٱلْكَلْبُ يَجْرِي

فِى طَلَبِ ٱلْكَبِيرَةِ, فَلَمْ يَجِدْ شَيْئًا. فَرَجَعَ فِى طَلَبِ ٱلَّتِى كَانَتْ مَعَهُ, فَلَمْ يُصِبْهَا. فَقَالَ : (1) مَا شَىْءٌ مِنَ ٱلْغُرُورِ أَقَلَّ رَأْيًا مِنِّى; لِأَنَّنِى ضَيَّعْتُ مَا كَانَ مَعِى وَطَلَبْتُ مَا لَا يَصْلُحُ لِى.

هٰذَا مَعْنَاهُ:

مَنْ يَتْرُكْ شَيْئًا قَلِيلًا مَوْجُودًا وَيَطْلُبْ كَثِيرًا مَفْقُودًا.

تَمَّ هٰذَا ٱلْكِتَابُ ٱلَّذِى هُوَ أَحَدٌ وَأَرْبَعُونَ مَثَلًا عَلَى ٱلتَّمَامِ وَٱلْكَمَالِ بِغَيْرِ زِيَادَةٍ وَلَا نُقْصَانٍ.

---

(1) Ms. de la Bibl. royale, n° 540 .مَا أَعْرِفُ أَقَلَّ رَأْيًا مِنِّى

DICTIONNAIRE

DE TOUS LES MOTS

QUI SE TROUVENT DANS LES FABLES DE LOKMAN.

ا

أَ particule interrogative qui signifie *est-ce que*, et répond aux mots latins *an*, *num*, *numquid*.

أَبٌ pour أَبَوٌ (gén. أَبِي acc. أَبَا) *père*; Subst. masc. — Duel أَبَوَانِ et quelquefois أَبَانِ *les parents, père et mère*; plur. آبَاءٌ *aïeux, ancêtres.*

إِبْتَهَجَ *il s'est égayé*; 3ᵉ pers. sing. masc. prét. de la 8ᵉ forme du verbe بَهَجَ *il a égayé.*

أَبَدٌ subst. masc. *Ce qui a un commencement et pas de fin, éternité, siècles à venir, perpétuité.* — أَبَدًا *toujours, à jamais.* — أَبَدًا sans négation signifie *toujours*, et, avec une négation dans la même phrase, *jamais.*

إِبْنًا acc. sing. de إِبْنٌ plur. بَنُونَ, أَبْنَاءٌ *fils; petit d'un animal*; subst. masc. — Entre deux noms propres, on écrit بْنُ. Ex.: مُحَمَّدُ بْنُ مُصْطَفَى *Mohammed bnou Moustafä.* Dans le langage usuel, où les désinences sont négligées, on prononce *ben.*

أَبْنَاءٌ *fils*; pl. rompu du subst. masc. أَبْنٌ, إِبْنٌ. Voyez le mot précédent.

أَتَتْ *elle est venue*; 3ᵉ pers. fém. sing. du verbe hamzé et défect. أَتَى

إِتِّضَاعٌ *humiliation, abaissement*; nom d'action de la 8ᵉ forme du v. assimilé وَضَعَ *il a mis par terre, il a abaissé.* — Les verbes dont la première radicale est un و ou un ى sont nommés *assimilés*, parce que leur conjugaison, au prétérit, est conforme à celle des verbes réguliers.

أَتَعَجَّبُ *je m'étonne;* 1re pers. sing. aor. de la 5e forme du v. عَجِبَ *il a été étonné.*

إِتَّفَقُوا *ils furent d'accord;* 3e pers. masc. plur. prét. de la 8e forme du v. assimilé وَفَقَ *il a trouvé convenable.*

أَتَوْا *ils sont venus;* 3e pers. masc. pl. prét. du v. hamzé et défect. أَتَى.

أَتَى fut. يَأْتِي, 3e pers. masc. sing. *il est venu;* avec l'acc. ou إِلَى *dans, chez, à.* — v. hamzé et déf. — اتانى رجل *un homme vint chez moi.* — *Amener quelqu'un, apporter quelque chose,* avec ب *de la p. ou de la ch.* — آتُونِى به *amenez-le-moi.* — ما ياتيك قُدِّر لك *tu éprouveras nécessairement le sort qui t'a été destiné.*

آثَارٌ *traces;* plur. rompu du subst. إِثْرٌ *trace.*

إِثْنَانِ fém. إِثْنَتَانِ *deux;* nom de nombre dérivé du v. déf. ثَنَى *il a mis en double, il a doublé.*

أَجَابَ *il consentit, il répondit affirmativement;* 3e p. m. sing. prétérit de la 4e forme du v. concave جَابَ *il a apporté.* Rac. جَوَابٌ *réponse.*

أَجْلٌ *cause, raison;* لِأَجْلِ. مِنْ أَجْلِ *A cause de.* — أَجْلِكَ et مِنْ أَجْلِكَ لِأَجْلِكَ *à cause de toi, pour toi.* — مِنْ أَجْلِ أَنْ *A cause de ce que....* — لاجل عين تُكرم الف عين *Pour un seul œil mille yeux sont honorés.*

أَجِلَّاءُ *grands, illustres;* plur. rompu de l'adjectif جَلِيلٌ dérivé du verbe sourd جَلَّ *il a été grand, illustre, haut, imposant.*

أَجْوَدُ *meilleur;* comp. masc. de l'adj. جَيِّدٌ *bon,* dérivé du v. concave جَادَ (pour جَوَدَ) *il a été libéral, bon.* On forme le comparatif et le superlatif en réduisant l'adjectif à ses trois lettres radicales, que l'on fait précéder d'un élif.

إِحْتِقَارٌ *mépris;* nom d'act. de la 8e forme du v. حَقَرَ *il a méprisé.*

أَحَدٌ fém. إِحْدَى *un*; nom de nombre.

أَحَدُّ *plus tranchant*; compar. masc. de l'adj. حَدِيدٌ. Voy. أَجْوَدُ.

أَحْزَانٌ *soucis*; plur. rompu du s. m. حُزْنٌ ou حَزَنٌ.

أَحْسَنَ *il a fait du bien*; 3ᵉ pers. masc. sing. prét. de la 4ᵉ forme du v. حَسُنَ *il a été bon.*

أَحْوَالٌ *les états, les circonstances*; pluriel rompu du subst. du genre commun حَالٌ *manière d'être, condition.* — فى ٱلْحَالِ *dans l'état actuel, sur-le-champ.* — احوال الدهر *vicissitudes de la fortune.*

أَخٌ pour أَخَوٌ duel أَخَوَانِ plur. إِخْوَةٌ ، إِخْوَانٌ *frère, ami, compagnon*; subst. masc. — Avec les affixes : أَخِي *mon frère*; أَخُوكَ *ton frère.* — اخوك مَن واساك فى شدّة. *Celui-là est ton ami, qui te console dans le malheur.* — شرّ الاخوان مَن اذا حضر اثنى ومدح واذا غاب عاب وقدح *Le plus mauvais de tous les amis est celui qui, devant toi, fait ton éloge et te vante, et qui, derrière toi, te blâme et te calomnie.*

إِخْتَطَفَ *il ravit*; 3ᵉ pers. masc. sing. prét. de la 8ᵉ forme du v. خَطَفَ et خَطِفَ *il a enlevé un à un*, comme fait un oiseau de proie.

إِخْتَفَى *il s'est caché*; 3ᵉ pers. s. masc. prét. de la 8ᵉ forme du v. défect. خَفِيَ *il a été caché.*

أَخَذْتَ *tu as pris*; 2ᵉ p. m. sing. prét. du v. hamzé أَخَذَ. — Si la dernière radicale d'un verbe est un ذ, on la conserve, mais on ne la prononce pas, ce que l'on indique par la suppression du djezma, et l'on double le ت formatif, sur lequel on place un techdid. — من اخذ حقّه لم يذكر فضله *Celui qui reçoit ce qui lui est dû ne parle pas de ses mérites.*

أَخَذَتْ *elle a pris*; 3ᵉ pers. sing. fém. prét. du verbe hamzé أَخَذَ.

آخَرُ fém. أُخْرَى *autre*; adj.

إِخْوَانٌ *frères*; plur. rompu du subst. masc. أَخٌ.

أُخْرَى *autre*; fém. de l'adj. آخَرُ.

أَدْرَكَ *il a atteint*; 3ᵉ pers. masc. sing. prét. de la 4ᵉ forme du v. دَرَكَ *il a poursuivi, il a atteint; il a parcouru les plaines*, en grec τρέχω.

إِدْلَالٌ *preuve*; nom d'act. de la 4ᵉ forme du v. sourd دَلَّ *il a guidé, dirigé*.

آدَمُ *Adam*; gén. de آدَمَ nom propre. — Les noms propres d'hommes étrangers sont compris dans la seconde déclinaison.

إِذْ *à l'époque où, lorsque*. Cet adverbe s'applique au temps passé. Ex.: إِذْ قَالَ رَبُّكَ *A l'époque où votre seigneur a dit*.—D'autres fois, il joue le rôle de particule et indique un événement subit et imprévu. Ex.: وَإِذْ بِحَيَّةٍ أُخْرَى قَدْ أَتَتْ *Voilà un autre serpent qui survient*.

إِذَا *lorsque, voici que, voilà que*. Ce mot est tantôt un adverbe du temps futur, et tantôt une particule exprimant un événement subit et imprévu. Ex.: ثُمَّ اذا دعاكم دعوةً من الارض اذا انتم تخرجون *Ensuite, lorsqu'il vous appellera en une seule fois du fond de la terre, aussitôt vous en serez tirés*.

أَرَا *je vois*; 1ʳᵉ pers. sing. masc. aor. du v. hamzé et défect. رَأَى, aor. يَرَى, impér. رَ. Ce verbe, étant d'un usage très-fréquent, perd presque toujours son élif hamzé à l'aoriste et à l'impératif.

أَرَادَ *il voulut*; 3ᵉ pers. masc. sing. prét. de la 4ᵉ forme du v. concave رَادَ *il a cherché, il a désiré avoir*.

أَرَانِبُ *lièvres*; plur. rompu du s. f. أَرْنَبٌ.

أَرْبَعٌ, أَرْبَعَةٌ *quatre*; أَرْبَعُونَ *quarante*; noms de nombre cardinaux.

إِرْتَفَعَ *il s'est élevé*; 3ᵉ p. masc. sing. prét. de la 8ᵉ forme du v. رَفَعَ *il a élevé*.

أُرْسِلَ *il a été envoyé*, 3ᵉ pers. sing. masc. prét. pass. de la 4ᵉ forme du v. رَسَلَ *il a envoyé un messager*.

أُرْسَلُ *je serai envoyé*; 1ʳᵉ pers. aor. sing. pass. du v. رَسَلَ.

أَرْضٌ plur. أَرَضُونَ et أَرَاضٍ *terre, sol*; subst. fémin. En allemand, *die Erde*.

أَرْفَع *plus haut, plus élevé, plus noble*; compar. de l'adj. رَفِيع. Voy. أَجْوَد. — Le *que* français qui suit le comparatif se rend en arabe par مِنْ *min.*

أَرْنَب pl. أَرَانِب *lièvre*; subst. fém.

إِزْدَرَيْت *j'ai méprisé*; 1re pers. sing. prét. de la 8e forme du v. défect. زَرَا *il a blâmé.* (Le ت de la 8e forme a été changé en د à cause du ز radical.)

أَسَآء *il a rendu mauvais*; 3e pers. sing. masc. prét. de la 4e forme du v. défect. سَآء *il a été mauvais.*

إِسْتِخْفَاف *mépris, l'action de faire peu de cas*; nom d'act. de la 10e forme du v. sourd خَفَّ *il a été de peu d'importance, il a compté pour peu de chose.*

إِسْتَعَان *il a demandé du secours*; 3e pers. masc. sing. prét. de la 10e forme du v. concave عَانَ *il a secouru, il a prêté aide et assistance.*

إِسْتِعْدَاد *préparatifs*; nom d'act. de la 10e forme du v. sourd عَدَّ *il a compté, il a énuméré, il a passé en revue.*

إِسْتَوْجَب *il a mérité*; 3e pers. sing. masc. prét. de la 10e forme du v. assim. وَجَب *il a été nécessaire.*

إِسْتِيقَاظ *l'action de se réveiller, le réveil*; nom d'act. de la 10e forme du v. assimilé يَقَظ *il a veillé, il a été vigilant.*

أَسَد pl. أُسْد *lion*; subst. masc. — الاسد ما ياكل الّا من الفريسة *Le lion ne mange que la proie qu'il a capturée.*

أَسْرَع *il s'est hâté*; 3e pers. masc. sing. prét. de la 4e forme du v. سَرُع *il a été hâtif.*

أَسْوَد fém. سَودآء pl. سُود *noir*; adj. qui a servi à former le v. إِسْوَدَّ *il a été noir.*

إِشْتَدّ *il a été violent*; 3e pers. sing. m. prét. de la 8e f. du v. sourd شَدّ *il a serré, il a fortifié.* Rac. شِدَّة *force, violence.*

إِشْتَرَكَا *ils se sont associés tous deux*; duel, masc. prét. de la 8e forme du v. شَرِكَ *il a été associé.*

إِشْتَهَى *il a désiré*; 3e p. m. sing. prét. de la 8e forme du v. défect. شَهِي *il a désiré, il a voulu.*

أَشَدّ *plus fort*; comp. masc. de

l'adj. شَدِيدٌ, dérivé de شَدَّ *rendre fort.* Voyez أَجْوَدُ.

أَشَرُّ *plus méchant;* comp. masc. de l'adj. شَرِيرٌ. Voyez أَجْوَدُ.

أَشْرَفَ *il a été près de, il a été imminent sur;* 3ᵉ p. m. sing. prét. de la 4ᵉ forme du v. شَرُفَ *il a été élevé, éminent, noble.*

أَشْرَقَ *il s'est levé;* 3ᵉ p. m. sing. prét. de la 4ᵉ forme du v. شَرَقَ *il s'est levé.*

إِشْفَاقٌ *compassion;* nom d'act. de la 4ᵉ forme du v. شَفِقَ *il a eu compassion.*

أَشْيَاءُ *choses;* plur. rompu du subst. fém. شَيْءٌ.

أَصَابَ *il a atteint le but;* 3ᵉ pers. sing. prét. de la 4ᵉ forme du v. concave صَابَ *il a été en ligne droite,* comme une flèche lancée vers un but. — يُصِيبُ وما يدرى ويُخطى وما يدرى *Il atteint le but sans le savoir comme il fait fausse route sans le savoir.*

أَصْحَابٌ *compagnons;* plur. rompu de l'adj. صَاحِبٌ.

إِصْطَحَبَا *ils allèrent tous deux de compagnie;* duel m. prét. de la 8ᵉ forme du v. صَحِبَ *il a été compagnon, il a accompagné.*

إِصْلَاحٌ *amélioration;* nom d'action de la 4ᵉ forme du verbe صَلُحَ *il a été en bon état.* — إصلاح الرعية احسن من كثرة الجنود *Il vaut mieux améliorer le sort des sujets, qu'augmenter le nombre des armées.*

أَصْلَحَ *il a amélioré;* 3ᵉ pers. sing. m. prét. de la 4ᵉ f. du v. صَلُحَ *il a été en bon état.* — مَن لم يُصلحه الخير اصلحه الشر. *Celui que le bien ne corrige pas, c'est le mal qui le corrigera.*

أَصَّلَتْ *elle s'est enracinée;* 3ᵉ pers. fém. sing. du v. hamzé أَصُلَ *être ferme, enraciné, tenir fortement au sol.* — Voyez أَكَلَ.

أَطِيرُ *je m'envole;* 1ʳᵉ pers. sing. aor. subjonctif du v. concave طَارَ régi par la conj. حَتَّى.

إِعْلَمْ *sache;* impér. masc. du v. عَلِمَ.

أَعْلَمُ *je saurai;* 1ʳᵉ pers. sing. aor. du v. عَلِمَ.

أَعْيَا *il a été fatigué;* 3ᵉ pers. sing. m. prét. de la 4ᵉ f. du v.

défect. عَيَّ *il a été embarrassé, incapable de.*

إِغْتَصَبْتُ *j'ai pris injustement, j'ai extorqué;* 1re pers. sing. prét. de la 8e forme du v. غَصَبَ *il a pris une chose injustement, il a contraint une personne.*

أَغْصَانٌ *branches;* pl. rompu du subst. masc. غُصْنٌ.

أَفَاقَ *il est sorti de maladie;* 3e pers. m. sing. prét. de la 4e f. du v. concave فَاقَ *il a été au-dessus.*

إِفْتِخَارٌ *l'action de se glorifier;* nom d'action de la 8e forme du v. فَخَرَ *il s'est glorifié.*

إِفْتَرَسَ *il a déchiré avec ses dents, il a mis en pièces une proie;* 3e p. m. sing. prét. de la 8e forme du v. فَرَسَ *il a enlevé une proie.*

إِفْتَرَقَا *ils se séparèrent tous deux;* duel m. prét. de la 8e f. du v. فَرَقَ *il a séparé;* en latin *frangere.*

أَفْقَرَ *il a réduit à la pauvreté;* 3e p. m. sing. prét. de la 4e forme du verbe فَقُرَ *il a été pauvre.*

أَفْنَى *il a dissipé, anéanti;* 3e pers. sing. m. prét. de la 4e f. du v. défect. فَنِيَ *il a disparu, il s'est anéanti;* d'où vient le mot فَنَآءٌ *mort, néant.*

أَقَامَ *il a dressé, établi;* 3e pers. sing. m. prét. de la 4e forme du v. concave قَامَ *il s'est tenu debout.*

أَقْبَلَ *il s'est approché, il s'est placé devant;* 3e p. sing. m. de la 4e forme du v. قَبِلَ *il s'est trouvé en face, devant* قَبْلَ.

أَقْدَامٌ *pieds;* plur. rompu du subst. fém. قَدَمٌ dérivé du v. قَدَمَ *il s'est avancé, il a été en avant.*

أَقْوَى *je suis fort, robuste:* 1re pers. sing. aor. du v. doublement imparfait قَوِيَ aor. يَقْوَى impér. إِقْوَ. — Les verbes de cette classe sont concaves et défectueux, mais la seconde radicale n'y est sujette à aucune irrégularité.

أَكْبَرُ *plus grand;* comp. masc. de l'adj. كَبِيرٌ. Voyez أَجْوَدُ. — Dans la 41e fable, l'adj. compar. masc. أَكْبَرُ se trouve après le pron. affixe fém. هِيَ d'après la règle 514 de la Gramm. de M. de Sacy, t. II, p. 303. « Employé hors de tout rapport d'annexion, et sans article, l'adjectif verbal comparatif n'éprouve aucune variation de genre ni de nombre; il est invariablement du singulier masculin; il doit toujours être suivi de la préposition مِنْ qui gouverne le mot qui exprime *le terme de comparaison avec infériorité relative.*

أَكْثَرُ *plus nombreux;* comp. masc. de l'adj. كَثِيرٌ. Voyez أَجْوَدُ.

أَكْرَمَ *il a traité généreusement et avec distinction;* 3ᵉ p. m. s. prét. de la 4ᵉ forme du v. كَرُمَ *il a été généreux.*

أَكَلَ f. o. *il a mangé;* v. hamzé, 3ᵉ p. m. sing. prét. — On appelle verbes *hamzés*, ceux qui ont, parmi leurs lettres radicales, un *hamza* ou *élif* mobile. Le *hamza* pouvant être la première, la seconde ou la dernière radicale, on distingue trois sortes de verbes hamzés. — آكل لحمى ولا أدعه لآكل *Je mange ma propre chair, mais je ne permets pas à un autre d'en manger.*

أَلَّا contraction de أَنْ لَا *que ne... pas.*

إِلَّا contraction de إِنْ لَا *à moins que.*

أَلْآخِرَةُ fém. de l'adj. آخِرٌ, précédé de l'article *la vie future.* On sous-entend le subst. fém. حَيَاةٌ *vie.*

إِلْتَفَّ *il s'est enveloppé de son manteau;* 3ᵉ p. m. sing. prét. de la 8ᵉ forme du v. sourd لَفَّ *il a enveloppé, enroulé;* d'où vient le substantif لَفَّةٌ *turban.*

إِلْتَفَتَ *il s'est tourné vers quelqu'un;* 3ᵉ p. m. sing. prét. de la 8ᵉ forme du v. لَفَتَ *il a tordu, tourné.*

إِلْتَمَسَ *il a essayé de faire, il a tâtonné, il a tâché;* 3ᵉ p. m. sing. prét. de la 8ᵉ forme du v. لَمَسَ *il a palpé, tâté.*

أَلَّذِى *qui, lequel;* أَلَّتِى *qui, laquelle;* plur. masc. أَلَّذِينَ *qui, lesquels;* pron. relatif. — Rem. Si l'attribut de la proposition conjonctive est un adjectif, un nom ou un pronom, et que le nom qualifié par l'adjectif conjonctif soit le sujet logique de cette proposition, ce nom doit être aussi représenté par un pronom personnel. Ex.: أَلسَّارِقُ

اَلَّذِى قَتَلَهُ ٱبْنِي *Le voleur lequel mon fils a tué lui* (c'est-à-dire *que mon fils a tué*). (De Sacy, *Grammaire arabe*, t. II, p. 345.)

أَللّٰهُ *le vrai Dieu, le Dieu unique.* Ce mot est composé du subs. mascul. إِلَٰهٌ *divinité, Dieu*, réuni à l'article أَلْ.

إِلَى *à, vers, jusqu'à*; prép. qui sert à indiquer le terme, la tendance, le but, le temps et le lieu. — إِلَيْنَا *vers nous.* — إِلَى يومِ القِيمَةِ *jusqu'au jour de la résurrection.* — إلى أَنْ *jusqu'à ce que.*

أُمٌّ pl. أُمَّاتٌ et أُمَّهَاتٌ *mère*; subst. fém. Selon quelques lexicographes, la première de ces deux formes de pluriel s'emploie en parlant des bêtes, et la seconde, en parlant du genre humain. — أُمُّ الاخرس تعرف بلغات الخرسان *La mère d'un muet connaît bien le langage des muets.*

أَمَّا *or, quant à*; conjonction qui sert à distinguer les différentes parties d'une énonciation générale, en liant leurs compléments par la particule فَ qui manque pourtant en bien des endroits.

أَمَاكِنُ *lieux*; plur. rompu du subst. masc. مَكَانٌ *l'endroit où l'on est*, dérivé du verbe كَانَ.

إِمْتَلَأَ *il s'est rempli*: 3e p. m. sing. prét. de la 8e forme du v. hamzé مَلَأَ *il a rempli.*

أَمْثَالٌ *proverbes, apologues, fables, paraboles*; pl. rompu du s. m. مَثَلٌ, qui signifie proprement *une ressemblance, une chose que l'on donne en exemple.* Rac. : مَثَلَ et مَثُلَ *il a été pareil.* — لاهل الاعتبار يُضرب الامثال *Les proverbes sont faits pour les hommes qui profitent des avertissements.*

أَمْرٌ pl. أُمُورٌ *affaire, chose*; s. m. — مَنْ مَارَسَ الامورَ رَكِبَ ٱلْبُحُورَ *Celui qui se mêle du maniement des affaires, navigue sur des mers* (s'expose à de grands dangers).

إِمْضِ *viens, va*; impér. m. du v. affect. مَضَى, f. *i.*

إِنْ *si*; conjonction qui exprime une simple condition, dont la conséquence est affirmative. Le verbe qu'elle précède peut être au prétérit. — En grec, ἤν.

أَنْ *que;* conjonction qui veut au subjonctif le verbe qui la suit, quand le verbe dont elle est précédée renferme l'idée de *pouvoir* ou de *vouloir*. Ex. : فَأَرَادَ أَنْ يَحْتَالَ لِنَفْسِهِ فِي الْمَعِيشَةِ *Il résolut d'employer la ruse pour subvenir à ses besoins.* — Si le verbe qui précède renferme l'idée de *science*, de *connaissance*, la conjonction n'exerce aucune influence sur le verbe qui suit. Ex. : لا ارا ان خرج *Je ne vois pas qu'il soit sorti.*

إِنَّ *certes, certainement, car;* adv. affirmatif. Il demande le nom de l'agent à l'accusatif. — إِنَّ الحديدَ بالحديد يُفلح *certes, le fer est coupé par le fer.* — Si le nom de l'agent est dans le verbe, il faut l'exprimer par le pronom affixe de la même personne où est le verbe. — إنك لا تجنى من شوك العنب *certes, tu ne cueilleras pas du raisin à un buisson.*

أَنَّ *que;* conjonction toujours suivie du nom de l'agent à l'accusatif. — S'il n'y en a pas d'exprimé, le pronom affixe de la personne respective du verbe en tient lieu.

أَنَا *moi, je;* pron. de la 1re pers. au plur. نحن *nous.* — فلان ياكل التمر وأنا أرجم بالنوا *un tel mange la datte, et moi l'on me jette avec le noyau.*

أَنْتَ *toi;* pron. isolé masc. de la 2e pers.; au féminin أَنْتِ. — Duel des deux genres أَنْتُمَا *vous deux.* — Pl. masc. أَنْتُمْ *vous.*

أُنْتَجُ *je mets bas;* 1re pers. sing. aor. du passif de la 1re forme du verbe نَتَجَ *aider un animal à mettre bas.*

إِنْتَفَضَ *il s'est secoué pour se débarrasser de quelque chose;* 3e p. m. sing. prét. de la 8e forme du v. نَفَضَ *il a secoué.*

أَنْتُنَّ *vous;* pl. fém. du pron. isolé de la 2e pers.

إِنْحَدَرَ *il est descendu;* 3e p. m. sing. prét. de la 7e forme du v. حَدَرَ, même signification.

إِنْسَانٌ pl. نَاسٌ *homme, être sociable.* Ce mot s'applique à l'homme et à la femme opposés à l'animal.

إِنْشَقَّ *il s'est fendu;* 3e p. m.

sing. prét. de la 7ᵉ forme du v. sourd هَقَّ il a fendu.

إِنْغَلَبَ il fut vaincu; 3ᵉ pers. sing. prét. de la 7ᵉ forme du v. غَلَبَ il a vaincu.

إِنْفَرَدَ il se sépara, il s'isola; 3ᵉ pers. m. sing. prét. de la 7ᵉ f. du v. فَرَدَ il a été seul, séparé des autres.

إِنْفَلَقَ il se fendit; 3ᵉ pers. sing. m. prét. de la 7ᵉ forme du v. فَلَقَ il a fendu.

إِنْقَضَّ il a fondu sur, il s'est abattu sur; 3ᵉ p. m. sing. prét. de la 7ᵉ forme du v. sourd قَضَّ il a lancé des cavaliers contre l'ennemi.

أَنَلْ je donne: 1ʳᵉ pers. sing. aor. conditionnel du v. concave نَالَ f. o.

إِنَّمَا composé de إِنَّ et de مَا seulement, tantummodo.

إِنَّهُ certes, sanè; composé de إِنَّ et de l'affixe ه purement explétif dans ce cas.

إِنْهِزَامٌ l'action de fuir, d'être mis en déroute; nom d'action de la 7ᵉ forme du v. هَزَمَ il a mis en fuite.

إِنْهَزَمَ il s'est enfui; 3ᵉ p. m. sing. prét. de la 7ᵉ forme du v. هَزَمَ il a mis en fuite.

أَنْيَابٌ dents canines; pl. rompu du s. m. نَابٌ. — اشعث من ناب جايع Plus tranchant que la dent d'un homme affamé.

أَهْلٌ pl. أَهْلُونَ ceux qui appartiennent à une société; les compagnons, les amis; la famille; nom collectif. — اهل الدار les gens de la maison, qui habitent sous le même toit.

أَهْلَكَ il a ruiné; 3ᵉ p. sing. m. prét. de la 4ᵉ forme du v. هَلَكَ il a péri.

أَوْ ou, ou bien; conjonct. qui n'exclut pas l'autre alternative.

أَوْصَلْتُ j'ai fait arriver; 1ʳᵉ pers. sing. prét. de la 4ᵉ forme du v. défect. وَصَلَ il est arrivé.

أَوَّلًا premièrement, d'abord; acc. pris adverbial. de l'adj. أَوَّلُ, fém. أُولَى, plur. أَوَائِلُ et أَوَالِي premier. — الصديق يشتكى اولا على ذاته l'homme juste est le premier à se plaindre de lui-même.

أَوْلَادٌ enfants; plur. rompu du s. m. وَلَدٌ dérivé du verbe défect. وَلَدَ il a engendré.

أَيْدٍ *mains;* pl. du subst. fém. يَدٌ.

أَيْضًا *encore, aussi;* acc. pris adverbialement, du nom d'action أَيْضٌ *retour.*

إِيَّلٌ plur. أَيَايِلُ *cerf;* subst. masc.

أَيْنَ *où;* avec ou sans mouvement. — إِلَى اين *où? jusqu'où? jusqu'à quel endroit?* — مِنْ اين *d'où?* — adv. de lieu.

أَيُّهَا et يَا أَيُّهَا *ô toi;* formule de vocatif après laquelle on met toujours le nom au nominatif, en le faisant toutefois précéder de l'article.

ب

ب *avec, à, dans, auprès de, au prix de;* prépos. inséparable qui gouverne le génitif. Ex. : جَاء بِهِ *il vint avec lui, il l'amena.* — يُعرف الاحمق بستّة خصال *L'insensé se connaît à six qualités.* — إِشتروا الضلالة بالهُدى *Ils ont acheté l'erreur au prix de la vérité.*

بَابٌ pl. أَبْوَابٌ، بِيبَانٌ *porte;* subst. masc.

بَأْسٌ *courage, valeur, audace; mal, dommage, adversité;* subst. masc. — لا يُردّ بأسه عن القوم المجرمين *son bras puissant ne saurait être détourné du peuple criminel.* — لا باس فى ذلك *Il n'y a pas de mal à cela.*

بَاكٍ pour بَاكِيٌ pl. بُكَاةٌ *pleurant;* adj. verb. masc. du v. défect. بَكَى.

بَحْرٌ pl. بِحَارٌ et بُحُورٌ *mer;* subst. masc. — البحر المحيط *L'Océan.* — البحر الاوسط *La mer Méditerranée.* — Le mot بحر *mer* dit le contraire de برّ *continent.*

بَدَأَ f. a. v. hamzé, 3ᵉ p. m. sing. prét. *commencer,* avec ب de la ch. ou avec أَنْ suivi d'un verbe au futur. — *Faire quelque chose le premier, être le premier à faire une chose.* — Si le hamza est 3ᵉ radicale, le verbe se conjugue régulièrement, en observant la règle de permutation.

بَدَنٌ pl. أَبْدَانٌ *corps;* proprement *le tronc,* abstraction faite de la tête, des pieds et *des mains*; subst. masc. — On peut rapprocher de ce mot l'expression française *bedaine*.

بَرْدٌ *le froid*; nom d'act. m. du v. بَرَدَ *il a été froid*. — بَرْدٌ شَدِيدٌ *un froid excessif*.

بَرِّيٌّ *des champs, qui croît en plein champ; sauvage* (se dit des plantes), adj. masc. dérivé du subst. بَرٌّ *terre ferme, continent; pays, champs, campagne* (opp. à jardin).

بُسْتَانٌ pl. بَسَاتِينُ *jardin*, surtout *potager*; subst. masc. dérivé du persan.

بُسْتَانِيٌّ *jardinier*; adj. masc. dérivé du subst. بُسْتَانٌ.

بَسَطَ f. o. *étendre un tapis, une natte par terre; allonger, tendre la main*. V. 3ᵉ p. m. sing. prét.

بَصَرٌ pl. أَبْصَارٌ *la perception par les yeux*; on applique aussi ce mot, par métaphore, à *la faculté intuitive et à l'œil*; subst. masc.

بَصِيرَةٌ pl. بَصَايِرُ *vue intérieure, intelligence, faculté de pénétrer les choses et de les connaître à fond*; subst. fém. dérivé du v. بَصُرَ *voir clair, comprendre, entendre*.

بَضْعَةٌ *tranche, morceau, pièce*; subst. fém. dérivé du v. بَضَعَ *il a tranché, coupé en tranches*, synon. de قَطَعَ.

بَطْنٌ pl. بُطُونٌ *ventre*; subst. masc. dérivé du v. بَطَنَ f. o. *entrer, pénétrer dans l'intérieur*; au fig. *pénétrer, aller au fond d'une chose, d'une affaire*. — فإنّك ان أعطيتَ بطنك سؤلَه *Si tu accordes à ton ventre tout ce qu'il demande...*

بَعْدَ *après*; adv. — بعد ذلك *ensuite*. — بعد ما *après que*. — من بعد *ensuite, en outre*. — بَعْدَكم *en votre absence*.

بَعْضٌ pl. أَبْعَاضٌ *portion, partie d'une chose*; par extension, *quelqu'un, quelque, certain*. Ex.: بعض الليالى *une nuit, une certaine nuit*. — قال بعضهم *quelqu'un d'entre eux a dit*.

بَعُوضَةٌ nom d'unité du subst. بَعُوضٌ *moucheron*; en général, *petit insecte importun dont la piqûre est douloureuse; cousin, moustique*.

بَعِيدٌ *éloigné, distant, lointain*; adj. verbal du v. بَعُدَ *il a été éloigné, il s'est trouvé à une certaine distance*.

بَقَرٌ pl. بُقُورٌ nom collect.

bœufs et vaches, race bovine. — بَقَرَةٌ *vache.*

بَقْلٌ coll. nom d'unité بَقْلَةٌ pl. بُقُولٌ et أَبْقَالٌ *légume, toute plante qu'on recueille après l'avoir semée.* Rac. بَقَلَ f. o. *produire des herbes, se couvrir de plantes,* en parlant de la terre.

بَلْ particule corrective et négative qui sert à se reprendre ou à affirmer avec plus de force ce qui suit; elle peut se rendre par *au contraire,* ou par *bien plus,* ou par *c'est plutôt.* — Elle signifie aussi *certainement, certes, sans aucun doute.*

بَلَآءٌ *épreuve, expérience, peine, affliction, malheur, calamité;* subst. masc. dérivé du verbe défect. بَلَا *il a éprouvé quelqu'un, il l'a soumis à l'épreuve.* — بلاء الانسان من اللسان *Le malheur de l'homme vient de sa langue.*

بَلَدٌ pl. بِلَادٌ et بُلْدَانٌ *pays,* proprement *pays plat, cultivé ou inculte; ville, cité;* subst. masc. — Le pl. بلاد signifie plutôt *contrées,* et بلدان *cités, villes.*

بَلَغَ f. o. *il est parvenu;* verbe 3ᵉ p. m. sing. prét. employé ici comme impersonnel. — بلغني ان *il est parvenu à ma connaissance que, j'ai entendu dire que.*

بَنِي *enfant;* gén. pl. du subst. m. إِبْنٌ dans l'état d'annexion.

بِنْيَةٌ pl. بِنًى subst. fém. *édifice, construction, bâtisse.*

بِهِ *avec lui;* بِهَا *avec elle;* بِكَ *avec toi;* بِكُمْ *avec vous;* بِي *avec moi;* بِنَا *avec nous;* mots composés de la prépos. ب et des affixes personnels.

بَهِيٌّ *beau;* dérivé du v. défect. بَهَا f. o. *il a été beau, il a brillé.*

بَهِيمَةٌ pl. بَهَائِمُ *bête de somme, animal, brute;* subst. fém.

بَيْتٌ pl. بُيُوتٌ, أَبْيَاتٌ subst. masc. *tente, maison.* — بيتُ المال *trésor public.* — بيت العنكبوت *toile d'araignée.* — Voy. دَارٌ.

بَيَاضٌ *blancheur, candeur, éclat;* subst. m. dérivé du v. conc. بَاضَ *il a surpassé en blancheur ou en éclat.* — بياض البيضة *blanc d'œuf.* — البياض نصف الحسن *La blancheur (du teint) est la moitié de la beauté.*

بِيضٌ *blancs;* plur. rompu de l'adj. أَبْيَضُ

بَيْضَتَيْنِ *deux œufs;* duel gén. du subst. fém. بَيْضَةٌ.

بَيْضَةٌ *œuf;* nom d'unité de بَيْضٌ pl. بُيُوضٌ et بَيْضَاتٌ — Rac. : بَاضَ *il a surpassé en blancheur.* — أشبه من البيضة بالبيضة *plus ressemblant qu'un œuf à un autre œuf.*

بَيْنَ *entre, parmi, au milieu;* proprement *distance, séparation;* prépos. dérivée du v. concave بَانَ *il a été distant, il a été distinct.* — بَيْنَهُمَا *entre eux-deux.* — بين يديه *devant lui, en sa présence.* — بين ذلك *en attendant.* — بينما هو كذلك *pendant qu'il était dans cet état.* — بينى وبينه ما صنع الحدّاد *Il y a entre lui et moi ce qu'a fabriqué le forgeron (un glaive).*

بُيُوتٌ *maisons, tentes, endroits où l'on passe la nuit;* plur. rompu du subst. fém. بَيْتٌ dérivé du v. concave بَاتَ *il a passé la nuit.*

ت

تَأَنٍّ, avec l'article التَّأَنِّي *ralentissement, lenteur;* nom d'action de la 5e forme du v. défect. أَنَى *il a tardé.* Voyez de Sacy, *Gr. ar.* I, 207.

تَبَاعَدَ *il s'est éloigné,* 3e p. m. sing. prét. de la 6e forme du v. بَعِدَ *il a été distant, éloigné.*

تَبِعَ f. a. *il a suivi quelqu'un, il a marché derrière lui;* verbe 3e p. m. sing. prét. — يَتْبَعُنِى محمود *Mahmoud me suit.*

تُبَلُّ *elle est mouillée;* 3e p. sing. fém. aor. pass. du v. sourd بَلَّ *humecter, mouiller.* — مَبْلُول *mouillé.*

تَبُوسُ *tu baises;* 2e p. m. sing. aor. du v. concave بَاسَ, dont le nom d'action est بوس *baiser.*

تَبِيضُ *elle pond;* 3e pers. fém. aor. du v. concave بَاضَ f. *i.*

تُتْعِبْ *fatigue;* aor. conditionn. régi par l'adv. négat. لَا. — Le verbe est أَتْعَبَ 4e forme de تَعِبَ *il s'est fatigué.*

تَتَنَاهَشَانِ *ils se mordent tous*

deux à l'envi l'un de l'autre; duel fém. aor. de la 6ᵉ forme du v. نَهَشَ *il a pris avec ses dents, il a mordu.*

تَتُوبُ *tu te repentiras;* 2ᵉ p. m. sing. aor. du v. concave تَابَ *revenir, surtout à Dieu, en renonçant au péché; se convertir, venir à résipiscence, se repentir d'un péché.* — شَابٌّ التَّائِبُ حَبِيبُ اللهِ *Le jeune homme qui se convertit est l'ami de Dieu.* — شَابَت وما تَابَت *Elle est arrivée à la vieillesse* (elle a blanchi) *sans changer de conduite.*

تُحَارِبُونَ *vous vous battez, vous vous faites la guerre;* 2ᵉ p. m. plur. aor. de la 3ᵉ forme du v. حَرَبَ *il a fait la guerre,* حَرْبٌ.

تَحْمِلَا *que vous portiez tous deux;* 2ᵉ pers. duel aor. au mode subjonctif du v. حَمَلَ *porter une charge sur le dos.*

تَحُومُ *elle voltige;* 3ᵉ pers. fém. sing. aor. du verbe concave حَامَ *voler, voltiger tout autour, planer dans les airs en faisant des circuits.*

تَخَاصَمَا *ils se sont disputés tous deux;* duel prét. de la 6ᵉ forme du v. خَصَمَ *il a gagné un procès.*

تَخَلَّى *il s'est tenu à l'écart, il s'est isolé;* 3ᵉ pers. m. sing. prét. de la 5ᵉ forme du v. défect. خَلَا *il a été vide.*

تَدْبِيرٌ *plan, action d'organiser, de mettre de la suite dans les affaires;* nom d'action de la 2ᵉ forme du v. دَبَرَ *il a suivi.*

تَدْخُلُ *tu entres;* 2ᵉ pers. sing. aor. du v. دَخَلَ.

تَدْخُلِي *tu entres;* 2ᵉ pers. fém. sing. aor. du v. دَخَلَ.

تَدْرِي *tu sais;* 2ᵉ p. m. sing. aor. du v. défect. دَرَى.

تَرَا *tu vois;* 2ᵉ pers. sing. aor. du v. hamzé et défect. رَأَى.

تُرَابٌ pl. تِرْبَانٌ et أَتْرِبَةٌ *terre, poussière;* subst. masc. On peut rapprocher de ce mot l'expression française *tourbe.*

تَرَبٍّ *éducation;* nom d'action de la 5ᵉ forme du v. défect. رَبَا *il a élevé, éduqué.* Voy. تَانٍّ.

تَرْبِيَةٌ *éducation;* nom d'action de la 2ᵉ forme du v. défect. رَبَا. Voyez le mot précédent.

تَرْفَعَ *tu soulèves;* 2ᵉ p. m. sing. aor. subjonctif régi par la conjonction لِ *pour que,* du v. رَفَعَ.

تَرَكْتَ *tu as laissé;* 2ᵉ p. m. sing. prét. du verbe تَرَكَ *laisser, abandonner, délaisser.* — اتركنى *laisse-moi.*

تُزَعْزِعُ *elle ébranle, elle fait trembler;* 3ᵉ pers. sing. fém. aor. du verbe quadrilitère زَعْزَعَ.

تَسَابَقَا *ils se défièrent à la course;* duel m. prét. de la 6ᵉ forme du v. سَبَقَ *il a devancé.* — La 6ᵉ forme, dérivée immédiatement de la 3ᵉ, signifie *l'action commune et réciproque de deux ou de plusieurs personnes.* Voy. Silvestre de Sacy, *Grammaire arabe*, t. I, p. 135.

تَسْتَطِيعُ *tu peux;* 2ᵉ p. m. sing. aor. de la 10ᵉ forme du v. concave طَاعَ *il a obéi.* — اذا لم تستطع شيئا فدعه *Lorsque tu ne peux pas faire une chose, laisse-la.*

تَسْتَقِرُّ *tu te tiens tranquille;* 2ᵉ p. m. sing. aor. de la 10ᵉ forme du v. sourd قَرَّ *il est resté en place.*

تَشَآءُ *tu veux;* 2ᵉ pers. aor. du v. doublement hamzé شَيءَ 2ᵉ pers. شِئْتَ.

تَشَقَّقَتْ *elle a été fendue, elle s'est fendue;* pour تَشَقَّقَتْ 3ᵉ p. f. sing. prét. de la 5ᵉ forme du v. sourd شَقَّ *il a fendu.* — La 5ᵉ forme a presque toujours une signification passive.

تَضَحَّكَ *il a ri en se moquant de quelqu'un;* 3ᵉ p. m. sing. prét. de la 5ᵉ forme du verbe ضَحِكَ *il a ri.* — La 5ᵉ forme ne fait quelquefois qu'ajouter de l'énergie à la signification de la 1ʳᵉ. Voy. Silvestre de Sacy, *Gramm. arabe*, t. I, p. 135.

تَضَعْضَعَتْ *elle a été abaissée, elle a été diminuée;* 3ᵉ pers. sing. fém. prét. de la 2ᵉ forme du verbe quadrilitère ضَعْضَعَ *il a humilié, il a abaissé.*

تَطْلَعُ *tu montes;* 2ᵉ pers. sing. masc. aor. du v. طَلَعَ fut. *a.*

تَطِيرِينَ *tu t'envoles;* 2ᵉ pers. sing. fém. aor. du v. concave طَارَ fut. *i.*

تَظُنَّ *tu crois;* 2ᵉ pers. m. sing. aor. subjonctif du v. sourd ظَنَّ fut. *i.*

تَعَضُّ *tu mords;* 2ᵉ p. m. sing. aor. du v. sourd عَضَّ.

تُعَكِّرْ *salis;* 2ᵉ p. m. sing. aor. condit. de la 2ᵉ forme du v. عَكِرَ *il a été trouble.* Voyez ضَبْعٌ.

تَفَرَّعَتْ *elle s'étendit en devenant touffue, en parlant des branches;* 3e pers. sing. fém. prét. de la 5e forme du v. فَرِعَ *il a eu une chevelure épaisse.* Voyez تَعَثَّكَ.

تُفْنِ *détruis;* aor. conditionn. régi par l'adv. négat. لَا. — Voyez أَفْنَى.

تُفِيقُ *tu te relèves d'une maladie, du sommeil; tu te réveilles;* 2e p. m. sing. aor. de la 4e forme du v. concave فَاقَ *il a été supérieur.*

تَقَاتَلَا *ils ont cherché tous deux à se tuer, par conséquent ils se sont battus;* 3e p. m. duel prét. de la 6e forme du verbe قَتَلَ *il a tué.* Voyez تَسَابَقَا.

تَقْبِضُ *tu prends;* 2e p. m. sing. aor. du v. قَبَضَ *mettre la main sur, empoigner, faire main basse sur.*

تَقْتَتِلَانِ *ils cherchent à se tuer tous deux;* duel f. aor. de la 8e forme du v. قَتَلَ *il a tué.*

تَقْصِفُ *tu te divertis;* 2e p. m. sing. aor. du v. قَصَفَ *prendre ses ébats, crier et danser en s'amusant.*

تَقِفُ *tu te tiens debout;* 2e p. m. sing. aor. du verbe assimilé وَقَفَ.

تَكُنْ *elle est;* 3e pers. sing. fém. aor. conditionnel du v. concave كَانَ.

تَكُونُ *elle sera;* 3e pers. fém. sing. aor. du verbe concave كَانَ.

تَلِدِينَ *tu engendres;* 2e pers. fém. sing. aor. du v. وَلَدَ *il a engendré.*

تَلُومُ *tu blâmes;* 2e p. m. sing. aor. du v. concave لَامَ.

تَمَارَضَ *il a fait le malade;* 3e p. m. sing. prét. de la 6e forme du v. مَرِضَ *il a été malade.* — La 6e forme signifie souvent feindre une action ou une qualité.

تَمَرُّدٌ *obstination;* nom d'action de la 5e forme du verbe مَرَدَ *il a été insolent et entêté.*

تَوَانَى *il a tardé;* 3e p. m. sing. pr. de la 6e forme du v. hamzé et défect. أَنَى *il a retardé.*

تَوَجَّهَ *il s'est dirigé vers, il a tourné son visage vers;* 3e p. m. sing. prét. de la 5e forme du v. défect. وَجُهَ *il a fait figure à la cour.* Étymologie, وَجْهٌ *visage, figure.*

تَوَلَّى *il a entrepris*; 3ᵉ p. m. sing. prét. de la 5ᵉ forme du v. assimilé et défect. وَلِيَ *il a été mis à la tête d'une affaire, d'un gouvernement.*

تَوَقٍّ *précaution*; nom d'action de la 5ᵉ forme du v. assimilé et hamzé وَأَدَ.

ث

ثَالِجٌ *neigeant*: adj. v. m. act. du v. ثَلَجَ. — L'adject. ثَالِج est du nombre des adject. qui, étant joints à un substantif de la même racine, servent à lui donner de l'intensité.

ثَعَابِينُ *gros serpents, dragons*; pl. rompu du subst. ثُعْبَانٌ.

ثَعَالِبُ *renards*; pl. rompu du subst. ثَعْلَبٌ.

ثَعْلَبٌ pl. ثَعَالِبُ *renard*; subst. fém.

ثُغُورٌ pluriel rompu de ثَغْرٌ *la rangée des dents*, subst. m. Voy. Humbert, *Anthologie arabe*, p. 46, et Jones, *Commentaires de la poésie asiatique*, p. 433.

ثِقْلٌ *pesanteur*; nom d'action du v. ثَقُلَ *il a été pesant, il a été lourd.*

ثَقُلَتْ *elle a été lourde, elle a été pesante*; 3ᵉ pers. fém. sing. prét. du v. ثَقُلَ f. *o*.

ثَقَّلَتْ *elle appesantit, elle alourdit*; 3ᵉ pers. fém. sing. prét. de la 2ᵉ forme du v. ثَقُلَ *il a été lourd, pesant.*

ثُلْثٌ nombre fractionnaire, *un tiers, un d'entre trois.*

ثَلْجٌ pl. ثُلُوجٌ *neige*; subst. masc. — ثَلْج ثَالِج *neige épaisse.* — ابيض زى الثلج *blanc comme neige.*

ثُمَّ *puis, ensuite*; adv. de temps qui indique l'ordre des événements et suppose un intervalle dans leur succession.

ثَمْرٌ collect. pl. ثُمُرٌ، ثِمَارٌ et أَثْمَارٌ *fruit.* — ثَمْرَةٌ nom d'unité, *un fruit.*

ثَوْرٌ pl. ثِيَارٌ *taureau*. En grec *ταυρός*.

ثِيَابٌ *étoffes*; plur. rompu du subst. ثَوْبٌ, employé généralement pour signifier *vêtement, habit.*

ج

جَافَتْ *elle a pénétré;* 3ᵉ pers. fém. sing. prét. du v. concave جَاقَ *pénétrer, entrer dans l'intérieur, dans la cavité du corps;* d'où جَوْفٌ *ventre.*

جَانِبٌ pl. جَوَانِبُ *côté, flanc* (du corps humain ou de toute autre chose). — شديد الجانب *dur de flanc*, c'est-à-dire *d'un commerce difficile, intraitable.* — جانب الجبل *Le versant de la montagne.*

جُبٌّ pl. أَجْبَابٌ, جِبَابٌ *puits, citerne;* subst. masc.

جَبَلٌ pl. جِبَالٌ et أَجْبَالٌ *montagne, mont;* subst masc. — راس الجبل *le sommet de la montagne.*

جِدًّا *sérieusement, beaucoup, extrêmement, avec force, fortement;* accus. pris adverbial. du subst. masc. جِدٌّ *zèle, assiduité, effort, chose sérieuse.*

جَرَادٌ nom d'unité جَــرَادَةٌ *sauterelle;* subst. masc.

جَرَّدَ *il a fait ôter;* 3ᵉ p. m. sing. prét. de la 2ᵉ forme du verbe جَرَدَ *il a ôté.* — Quand un verbe à la 1ʳᵉ forme est actif et relatif, la 2ᵉ forme lui donne une signification doublement relative. Voy. Silv. de Sacy, *Gramm. arabe,* t. I, p. 131.

جُرَذٌ pl. جُرْذَانٌ *mulot;* espèce de rat des champs plus gros que le يَرْبُوعٌ.

جُرْزَةٌ *fagot de bois, de ramée; botte de foin;* subst. fém.

جَرْيٌ *cours, course;* nom d'action du v. défect. جَرَى aor. يَجْرِي *il a couru.* — على جرى عادته *suivant son habitude.*

جَرَى aor. يَجْرِي *il a couru;* v. défect. 3ᵉ p. m. sing. prét. — جعل يَجْرِي *il s'est mis à courir.*

جِسْمٌ pl. أَجْسَامٌ *corps* (eu égard aux formes et au volume); subst masc. — جسيم *qui a du corps.*

جَعَلَا *ils se mirent tous deux à;* 3ᵉ p. m. duel du prét. du v. جَعَلَ f. *a. mettre, placer;* — suivi d'un autre verbe à l'aoriste, il signifie, *commencer, se mettre à.*

جِلْدٌ pl. جُلُودٌ *peau de l'homme* ou *de l'animal*, subst. masc.

جُلُودٌ *peaux;* plur. rompu du subst. masc. جِلْدٌ.

جَمِيعًا *ensemble;* acc. du subst. masc. جَمِيعٌ *totalité*, pris adverbialement.

جَنَاحَيْهِ *ses deux ailes*, de جَنَاحَيْنِ, duel du subst. du genre commun جَنَاحٌ, qui a perdu le ن final à cause de sa réunion avec le pronom affixe هُ, qui est devenu هِ à la suite du son *ai* qui précède.

جِنْسٌ pl. جُنُوسٌ et أَجْنَاسٌ *genre.* (En gr. γένος.) sub. m.

جَوَارِحُ *animaux carnassiers*, proprement *qui déchirent;* pl. rompu du subst. f. جَارِحَةٌ, dérivé du v. جَرَحَ *il a blessé, il a mis en pièces.*

جُورَةٌ *réservoir, fosse;* subst. fém.

جُوعٌ *faim;* nom d'action du v. concave جَاعَ *il a eu faim.*— الجوع يُرضي الاسد بالجيف *La faim oblige le lion à se contenter de charogne.*

جُوعًا *par la faim, de faim;* acc. sing. du nom d'act. جوعٌ. — Les Arabes expriment la cause par l'accusatif, comme les Latins par l'ablatif.

جَوْفٌ *ventre, creux, cavité;* subst. masc.

جَوِّيٌّ *intérieur;* opposé à بَرِّيٌّ *extérieur;* adj. masc.

ح

حَالٌ pl. أَحْوَالٌ *état, condition, manière d'être;* subst. du genre commun. — كيف حالك، ايش حالك *Comment vous portez-vous?* — مضى الى حال سبيله *Il s'en alla vaquer à ses affaires.*

حَامِلٌ fém. حَامِلَةٌ *portant, qui porte;* adj. verbal de حَمَلَ. En parlant d'*une femme enceinte*, on se sert du masc. et l'on dit : امراة حامل.

حَائِطٌ pluriel حيطان *mur, enceinte;* subst. masc. dérivé du v. concave حَاطَ *il a entouré.* — حائط خيرٌ من الف شفيع *Un mur vaut mieux que mille intercesseurs.*

حَتَّى *jusqu'à, même, jusqu'à ce que, afin que.* Comme préposition, il régit le génitif; s'il a la signification de *même*, il n'exerce aucune influence sur le substantif qui le suit; comme conjonction liant deux propositions, il n'a aucune influence sur le verbe et signifie *jusqu'à ce que*; s'il renferme l'idée de dessein et de volonté, il demande le subjonctif.

حَدّ pl. حُدُود *terme, limite;* (en parlant du lieu et du temps). — حدّ الشتا *pendant l'hiver.* — فى حدود سنة.... *vers telle année.* — *Terme, but, fin qu'on se propose, limite, frontière, extrémité, bout;* subst. masc.

حَدَّاد *forgeron, celui qui travaille le fer,* حَدِيد. Nom de métier. — بلاش ما يطرق الحدّاد راس إصبعك *Si tu ne payes rien, le forgeron ne frappera pas même le bout de ton doigt.*

حديد *fer;* subst. masc. — انَّ الحديد بالحديد يُفلَح *On ne fend le fer qu'avec du fer.*

حَرّ pl. حُرُور et أَحَارِر *chaleur;* subst. m. dérivé du v. sourd حَرّ *il a été chaud,* en parlant d'un jour d'été.

حَرْب pl. حُرُوب *guerre;* subst. fém. et masc. — On dit : وقعت بينهم الحرب *La guerre s'alluma entre eux.*

حَزِنَ f. a. *il s'est attristé, il est devenu triste;* v. 3ᵉ p. m. sing. prét.

حَسِسْتُ *j'ai ressenti, j'ai senti, j'ai su;* 1ʳᵉ pers. singul. prét. du verbe sourd حَسّ nom d'action حَسّ.

حُسْن *beauté, bon naturel;* subst. masc.

حَشِيش *foin, fourrage, herbe sèche;* s. m. dér. du v. حَشّ *il a été sec;* se dit d'un rejeton d'arbre, d'une plante quelconque. Ce mot est souvent opposé à عُشْب.

حُصَيْن *petite forteresse;* forme dimin. du subst. حِصْن.

حَطَب pl. أَحْطَاب *bois à brûler;* subst. m. — ايش من حطب يحرقوا فى ذا البلد *Quel bois brûle-t-on dans ce pays?*

حَفِيَ f. a. *avoir les pieds ou les sabots usés par une longue marche;* se dit de l'homme ou des animaux. Verbe défect. 3ᵉ pers. sing. prét.

حَقِير *vil, méprisable;* opposé de عظيم adj. verbal du v. حَقَرَ

il a été méprisé, il est tombé dans l'avilissement. — لا تَأْمَن عدوًّا وإن كان حقيرًا *Ne te crois pas en sûreté contre un ennemi, quelque méprisable qu'il soit.*

حَكِيمٌ pl. حُكَمَاءُ *savant, sage;* adj. verbal du verbe حَكُمَ *il a été sage, savant.*

حِلْفٌ *alliance, traité sous serment, foi, fidélité au serment, au pacte.* Rac. حَلَفَ f. i. *jurer, proférer des serments.*

حَمَامَةٌ pl. حَمَائِمُ، حَمَامَاتٌ *colombe.* subst. fém.

حَمْلٌ *port d'une chose, charge;* nom d'action du verbe حَمَلَ.

حَمَلَ *porter, être enceinte, pleine;* v. 3ᵉ pers. sing. masc. prét.

حُمَةٌ pl. حُمَاتٌ *aiguillon;* dérivé du v. حَمَا *il a défendu.*

حَمِيَتْ *elle a brûlé, elle fut brûlante;* 3ᵉ pers. fém. prét. du v. défect. حَمِيَ.

حُوتٌ subst. m. désigne toujours un gros poisson, et سَمَك *un poisson de la plus petite espèce.*

حَوْصَلَةٌ *jabot;* subst. fém.

حَوْلَ *autour de;* acc. du nom d'action حَوْلٌ pris adverbialement.

حَيٌّ *vivant;* adj. verbal du v. sourd et défect. حَيَّ aor. يَحْيَى.

حَيْثُ et حَيْثَ *où, en quelque endroit que.* — إِلَى حَيْثُ *vers quelque endroit que.* — On prononce aussi حَيْثِ. C'est, à proprement parler, un nom indéclinable.

حَيَّتَانِ *deux serpents;* duel du subst. fémin. حَيَّةٌ.

حَيَّةٌ *serpent;* subst. fém.

حَيَوةٌ ou حَيَاةٌ *vie.* On écrit ce mot toujours par un *élif* à la place du *waw* quand il est en rapport d'annexion ou quand il passe au duel. Voy. *Anthol. ar.* p. 115.

خ

خَارِجٌ *sortant*, et par extension *extérieur;* adj. verb. act. du v. خَرَجَ.

خَافَ f. o. *craindre, redouter;* v. concave 3ᵉ p. m. s. prét. — شَرُّ السلاطين مَن خافه البرىّ *Le plus mauvais roi est celui que craint l'innocent.*

خَايِفٌ *craignant;* adj. verbal m. dérivé du v. concave خَافَ aor. يَخَافُ. — Pour former cet adj. verb. ou partic. prés. on a changé la 2ᵉ radicale en *élif hamzé*, et cet *élif* s'est changé lui-même en un ى, parce qu'il a pour voyelle un *kesra*. Ainsi خَايِفٌ est pour خَاإِفٌ.

خُبْزًا *du pain;* acc. du subst. m. dérivé du v. خَبَزَ *il a fait du pain.* — مَن يشترى خبزًا بالدّين ارحموه ومَن يشترى اللحم بالدّين ارجموه *Celui qui achète du pain à crédit, prenez-le en pitié; mais celui qui achète de la viande à crédit, lapidez-le.* — اكل خبزًا, fables 5 et 29, signifie *manger un morceau, prendre de la nourriture.*

خُدَّامٌ *serviteurs;* pl. rompu du s. m. خَادِمٌ, qui est proprement le participe prés. du v. خَدَمَ *il a servi.*

خَدَعَ f. *a. il a trompé, il a circonvenu;* 3ᵉ pers. m. s. prét.

خِدْمَةٌ *service;* s. fém. dérivé du v. خَدَمَ.

خَرَجَ *il est sorti;* 3ᵉ p. m. sing. prét. — خَرَجَ عَلَى *il est sorti contre quelqu'un, il a attaqué quelqu'un.* — Avec مِن *se soustraire à l'obéissance de quelqu'un.*

خَرَجْتَ *tu es sorti;* 2ᵉ pers. m. sing. prét. du v. خَرَجَ.

خَرُوفًا acc. s. de خَرُوفٌ pl. أَخْرِفَةٌ, خِرْفَانٌ *agneau* (quand il est déjà assez grand pour paître); subst. masc.

خَطِفَ *il a ravi, il a volé;* 3ᵉ pers. masc. sing. prét.

خُطَّافٌ pl. خَطَاطِيفُ *hirondelle;* subst. masc.

خَطَايَا *péchés, crimes;* pl. rompu du s. خَطِيئَةٌ dérivé du v. hamzé خَطِئَ *il a péché.*

خَطِيئَةٌ pl. خَطَايَا *péché, crime;* dérivé du v. خَطِئَ *il a péché.*

خِفَّةٌ *légèreté, agilité;* n. d'action fém. du v. sourd خَفَّ aor. يَخِفُّ *il a été léger.*

خَفِيٌّ *caché; sourd;* adj. verbal m. du v. déf. خَفِيَ *il a caché.* — صوت خفى *un son caché, un bruit sourd.*

خَلَّصَ *il a sauvé;* 3ᵉ pers. m. s. prét. de la 2ᵉ f. du v. خَلَصَ

il a été pur, il a été terminé, il a été sauf.

خَلِّصْ *sauve;* 2° p. masc. imp. de la 2° forme du v. خَلَصَ. Voyez le mot précédent.

خَلْعٌ *l'action d'ôter, d'arracher;* nom d'action du v. خَلَعَ.

خَلَعَ *il a ôté, il a arraché;* v. à la 3° pers. m. s. du prét.

خُلْقٌ *naturel, caractère;* subst. masc.

خَلْقِينٌ pl. خَلَاقِينُ *marmite de cuivre;* comparez *χαλκεῖον* ou *χαλκίον.*

خِنْزِيرٌ *porc;* pluriel rompu خَنَازِيرُ, subst. masc. Rac. خَزَرَ *il a de petits yeux.* — شعرةٌ مِن خنزير مكسب *Une soie de cochon est un profit.*

خُنْفَسَةٌ pl. خَنَافِسُ *scarabée, frelon;* subst. fém.

خِنَّوْصٌ pl. خَنَانِيصُ *petit du cochon;* subst. masc.

خَوْفٌ *crainte;* nom d'action du v. concave خَافَ *il a craint.*

خَيَالٌ *image,* par exemple *celle qui est représentée par l'eau.* subst. dérivé de la racine خَالَ *il s'est figuré, il s'est imaginé.*

خَيْرٌ *meilleur;* forme irrégulière du comparatif. — On lit dans l'Anthologie grammaticale de M. de Sacy, page. 80 : « On emploie شَرٌّ et خَيْرٌ sans *élif,* quand on dit : Un tel est *pire* ou *meilleur* qu'un tel. Car ces deux mots étant d'un usage fréquent dans le discours, on y a supprimé l'*élif,* qui est le signe du comparatif, pour les abréger. » — أدب المرء خير مِن ذهبه *L'éducation d'un homme vaut mieux que l'or qu'il possède.*

د

دَاخِلٌ *entrant,* et par extension *intérieur;* adj. verb. m. du v. دَخَلَ f. *o.*

دَارٌ pl. دِيَارٌ *maison;* s. fém. — دَارٌ est plus grand que بَيْتٌ, qui a souvent la même signification. C'est un édifice en pierre. Ainsi on ne peut pas appeler دَار la tente d'un Bédouin, bien que ce soit sa maison. Au contraire, on peut nommer بَيْت un édifice en pierre et toute espèce de maison. Ce mot a donc, dans son acception, plus de latitude que le mot دَارٌ.

دَامَ *il a resté, il a continué;* 3ᵉ p. m. sing. prét. v. concave. — مَا دَامَ *tant que, pendant que.*

دَائِمًا *toujours*, acc. pris adverbialement de l'adj. verbal دَائِمٌ dérivé du verbe concave دَامَ *il a duré.*

دَجَاجَةٌ *poule;* M. Rœdiger fait dériver ce s. fém. de la rac. دَجَّ *il a marché doucement et d'un pas mal assuré.*

دَخَلَ fut. *o.* 3ᵉ pers. m. sing. *il est entré;* avec l'accus. ou فِي ou إِلَى *chez, dans;* دَخَلَ بَيْنَ *il a pénétré, il s'est interposé, il est intervenu.* — Rem. دَخَلَ الى signifie *entrer dans un lieu ou chez une personne;* دَخَلَ عَلَى *surprendre quelqu'un en entrant dans l'endroit où il est.*

دُخُولٌ *entrée;* nom d'action du v. دَخَلَ *il est entré.*

دَعَا fut. يَدْعُو *appeler*, avec ب. — 3ᵉ p. m. s. prét. v. déf.

دَعَوْتَ *tu as appelé;* 2ᵉ p. m. sing. prét. du v. défect. دَعَا.

دَعْوَةٌ *festin, invitation;* s. fém. dérivé du v. défect. دَعَا.

دَغَلٌ *la fraude;* nom d'action du v. دَغَلَ.

دَفْعَةٌ *une impulsion, un coup, une fois,* et, par conséquent, *un moment,* du verbe دَفَعَ *il a poussé* (*momentum,* pour *movimentum*).

دِقَّةٌ *ténuité, minceur d'un objet;* subst. fém.

دُكَّانٌ *boutique;* s. m. dérivé du mot دَكَّةٌ *banc,* qui est le τέγεος des Grecs.

دَمٌ *sang;* s. masc. — سفك الدم *répandre le sang.*

دُنْيَا *plus proche;* fém. sing. de l'adj. comp. أَدْنَى. On emploie ce mot pour désigner *la vie présente, le monde.*

دَهْرٌ pl. دُهُورٌ *temps, siècle;* subst. masc.

دِيكٌ plur. دُيُوكٌ *coq;* subst. masc.

دِيكَانِ *deux coqs;* duel du substantif masc. دِيكٌ.

ذ

ذَا *ce;* pron. démonstratif qui, joint à la particule interrogative

مَا, forme les adv. interrog. مَاذَا *quoi donc?* لِمَاذَا *pourquoi donc?*

ذَاتٌ pl. ذَوَاتٌ fém. de l'adj. ذُو pl. ذَوُونَ *qui possède une chose.* — ذَاتَ يَوْمٍ *l'essence d'un jour, un certain jour.*

ذَاهِبٌ *s'enfuyant, s'en allant;* adj. verbal act. du v. ذَهَبَ.

ذَبَحْتُ *j'ai égorgé;* 1re p. s. prét. du v. ذَبَحَ.

ذَبَحُوا *ils ont tué, sacrifié;* 3e p. m. pl. prét. du v. ذَبَحَ.

ذُبُولٌ *flétrissure, l'action de s'étioler;* nom d'act. du verbe ذَبَلَ *il a été flétri, il s'est flétri.*

ذَبِيحَةٌ pl. ذَبَائِحُ *victime;* subs. féminin dérivé du v. ذَبَحَ *il a égorgé un animal.*

ذِكْرٌ *renommée, mention;* s. masc.

ذَلِكَ ou ذَالِكَ *cela,* féminin تِلْكَ *cette, celle-là;* pronom démonstratif.

ذَنَبٌ pl. أَذْنَابٌ *queue;* s. m. — ذنبه شاهد الكلب *La queue du chien est son témoin.*

ذُنُوبٌ *fautes, péchés;* pl. rompu du s. m. ذَنْبٌ, que l'on doit distinguer de ذَنَبٌ *queue.*

ذِئَابٌ *loups;* plur. rompu du s. m. ذِئْبٌ.

ذِئْبٌ pl. ذِئَابٌ *loup;* s. m.

ر

رَأْسٌ pl. رُؤُوسٌ *tête* — رَأْسُ الْمَالِ *La tête du bien,* c'est-à-dire, *le capital.*

رَأَوْا *ils ont vu;* 3e p. m. pl. prét. du v. hamzé et défect. رَأَى.

رَأَيْتُمْ *vous avez vu;* 2e p. m. pl. prét. du v. hamzé et défect. رَأَى.

رَأْيٌ *vue, opinion, manière de voir;* s. m. dérivé du verbe défect. et hamzé رَأَى aor. يَرَى *il voit,* au propre et au figuré. En grec, *ὁράω.*

رِبْحٌ *gain, intérêt, profit,* s. m. dérivé du verbe رَبِحَ *il a gagné.*

رَبَضَ fut. *i. il s'est couché ;* 3ᵉ p. m. sing. prét. ; en parlant des quadrupèdes, *s'accroupir, se tapir.*

رَجَعَ *il est retourné ;* 3ᵉ pers. m. sing. prét.

رَجُلٌ pl. رِجَالٌ *homme ;* subst. m. — وللسيوف كما للرجال آجال *Les glaives comme les hommes ont un terme à leur existence.*

رِجْلَانِ *deux pieds ;* duel nom. du subst. رِجْلٌ pl. أَرْجُلٌ ; subst. fém.

رَجَوْتُ *j'ai espéré ;* 1ʳᵉ pers. sing. prétér. du v. défect. رَجَا aor. يَرْجُو.

رَفَعَ *il a élevé ; il a cessé ;* 3ᵉ p. s. m. prét.

رَمْضَاءُ *la terre brûlée par le soleil ;* du v. رَمِضَ *il a été brûlé par le soleil.*

رَمَى f. i. *il a jeté ;* av. l'ac. ou بِ, 3ᵉ p. m. sing. prét.

رُوحٌ pl. أَرْوَاحٌ *souffle, âme ;* subs. fém. et masc. — شخص بلا ادب كجسد بلا روح *Une personne sans instruction est comme un corps sans âme.* — Joint aux affixes, ce mot sert comme نَفْسٌ à exprimer les pronoms réfléchis.

رِيحٌ pl. رِيَاحٌ *vent ;* subst. fém.

ز

زَرَا *blâmer, faire des reproches ;* v. déf. 3ᵉ p. masc. sing. prét. — VIII. إِزْدَرَى *mépriser, dédaigner.*

زَعْزَعَ *ébranler, faire trembler ;* v. quadrilitère, 3ᵉ p. m. sing. prét.

زِفْتٌ *poix ;* subst. masc.

زَمْرٌ pl. زُمُورٌ *chant ; flûte ;* s. m.

زَهْرٌ nom col. *fleurs ;* nom d'unité زَهْرَةٌ.

زِيَادَةٍ *addition, augmentation ;* gén. sing. indét. du subst. f. زِيَادَةٌ dérivé du v. concave زَادَ f. i. *il a augmenté.*

س

سَ est un adverbe qui n'est que l'abréviation de سَوْفَ ; il ne se place qu'au commencement des personnes de l'ao-

riste, et il les détermine à la signification d'un temps futur. Voy. S. de Sacy, *Gramm. ar.* t. I, p. 504.

سَابَقَ *il a cherché à dépasser à la course*; 3ᵉ p. m. sing. prét. de la 3ᵉ f. du v. سَبَقَ *il a devancé*. — La 3ᵉ forme indique souvent *l'émulation, les efforts qu'on fait pour surpasser une autre personne*, dans l'action exprimée par la 1ʳᵉ forme.

سِبَاعٌ *lions*; plur. rompu du s. m. سَبُعٌ.

سَبَبٌ pl. أَسْبَابٌ *cause*; s. m.

سَبُعًا acc. sing. de سبع pl. إِسْبَاعٌ *lion*.

سَبِيلٌ *chemin*; *manière d'agir*; subst. masc.

سُرَّ *il fut réjoui*; 3ᵉ p. m. s. prét. pass. du v. sourd سَرَّ *il a réjoui*.

سُرْعَةٌ *vitesse*, *célérité*; nom d'action fém. du v. سَرُعَ.

سَرِيعٌ *vite, prompt*; adj. verb. m. du v. سَرُعَ *il a été prompt*.

سَرِيعًا *avec vitesse*; acc. pris adverbialement de l'adjectif verbal سَرِيعٌ dérivé du verbe سَرُعَ *il s'est hâté*, *il a été prompt*.

سَطْحٌ pl. سُطُوحٌ *plate-forme, toit plat, terrasse*; subst. m. dérivé du verbe سَطَحَ *il a étendu*.

سَكُوتٌ *silencieux*; adj. verb. m. dér. du v. سَكَتَ *il a gardé le silence*. Ces adjectifs s'emploient souvent pour exprimer l'intensité, l'énergie ou l'habitude d'une action ou d'une manière d'être.

سَلَامٌ *salut*, *paix*; subst. m.

سُلَحْفَاةٌ pl. سَلَاحِفُ *tortue*; s. fém.

سَلِمَ *il a été sauf*; v. à la 3ᵉ p. masc. sing. prét.

سَمِعْتَ *tu as entendu*; 2ᵉ p. m. sing. prét. du v. سَمِعَ futur *a*.

سَمِينًا *gras*; acc. de l'adj. verbal act. du v. سَمِنَ *il a été gras*.

سَنَةٌ pl. سَنَوَاتٌ، سَنُونَ plus usité سِنِينَ *année*; s. fém.

سَهْلٌ pl. سُهُولٌ *plaine*; s. m. dér. du v. سَهُلَ *il a été plat*, en parlant du terrain.

سَوْءٌ et سُوءٌ *mal*, *méchanceté*; nom d'act. m. du v. déf. سَآءَ aor. يَسُوءُ *il a été méchant*. — إِنْسَانُ سَوْءٍ *un homme de méchanceté*, c'est-à-dire *un homme méchant*.

سَوَادٌ *noirceur;* subst. masc. dérivé du verbe concave سَادَ *il a été noir;* — اشدّ سوادًا مِن حنك الغراب *plus intense en noirceur* (d'un noir plus foncé) *que le bec du corbeau.*

سَوْدَآءُ *noire;* f. de l'adj. أَسْوَدُ.

سُوقٌ pl. أَسْوَاقٌ *marché, rue marchande:* subst. du genre commun.

سَيِّدٌ pl. سَادَةٌ *seigneur:* subst. masc. dérivé du v. concave سَادَ *il a régné.*

ش

شَاخَ f. i. *il a vieilli;* v. concave à la 3ᵉ pers. masc. sing. prét.

شَاكَلَ *il a été semblable, il a eu la même forme que;* 3ᵉ pers. m. sing. prét. de la 3ᵉ forme du v. شَكَلَ; rac. شِكْلٌ *forme, configuration d'une chose.*

شَأْنٌ pl. شِيَانٌ ، شُؤُونٌ *affaire, condition, état;* subst. masc.

شَجَرٌ pl. أَشْجَارٌ *arbres;* nom collectif.

شَخَصَ f. o. *il a apparu; il s'est présenté;* v. 3ᵉ pers. m. sing. prét.

شِدَّةٌ *malheur; force, fermeté, violence, dureté;* subst fém.

شَرٌّ pl. شُرُورٌ *méchanceté, mal;* nom d'action masc. du verbe sourd شَرَّ *il a été méchant, mauvais.*

شَرَبُوا *ils ont bu;* 3ᵉ p. m. pl. prét. du v. شَرِبَ.

شَرَهٌ *avidité;* nom d'action du v. شَرِهَ *il a été avide.*

شَرِيرٌ *mauvais, méchant;* adj. verbal masc. du verbe sourd شَرَّ.

شُغْلٌ *occupation, travail;* nom d'act. m. du v. شَغَلَ *il a occupé.*

شَقِيٌّ *malheureux;* adject. masc. dérivé du verbe défectueux شَقِيَ — إنَّ الشقيَّ بكلّ حبل يَخْنَقُ *Toute corde est bonne à un malheureux pour s'étrangler.*

شَمْسٌ pl. شُمُوسٌ *soleil;* subst. fém.

شَهَادَةٌ *témoignage;* subst. fém. dérivé du v. شَهِدَ *il a témoigné.*

شَهْدٌ plur. شِهَادٌ *gaufre, miel;* subst. masc.

شُوحَةٌ *milan;* subst. fém.

شَوْكٌ *épines*; nom collectif et nom d'action du v. concave شَاكَ *il a piqué, il a blessé.*

شَيْءٌ plur. rompu أَشْيَآءُ *chose.* Ce subst. est dérivé du verbe défect. شَآءَ *il a voulu.* — شيآن لا يجتمعان فى بيت الغناء والزناء *Il y a deux choses qui ne peuvent pas aller ensemble dans une maison : c'est la richesse et la débauche.*

شِئْتَ *tu as voulu*; 2ᵉ p. sing. m. prét. du v. défect. شَآءَ aor. يَشَاءُ.

ص

صَاحِبٌ fém. صَاحِبَةٌ plur. أَصْحَابٌ *compagnon; possesseur; ami*; adj. verbal act. du v. صَحِبَ *il a accompagné.*

صَبِيٌّ pl. صِبْيَةٌ ، صِبْيَانٌ *enfant*; subst. masc.

صَحْفَةٌ *plat*; subst. fém.

صَدَقْتِ *tu as été vraie, sincère*; 2ᵉ pers. fém. sing. prét. du v. صَدَقَ f. o.

صَدَّقْنَا *nous avons regardé comme sincère*; 1ʳᵉ pers. plur. prét. de la 2ᵉ forme du v. صَدَقَ *il a été sincère.*

صَدِيقٌ *ami sincère*; adj. verb. m. du v. صَدَقَ *il a été sincère.* — صديقك وصديق ابيك لا تهمله *Ne néglige ni ton ami, ni l'ami de ton père.*

صَعِدَ f. a. *monter* v. 3ᵉ p. m. sing. prét. لا تصعد لِقُلّة الجبل *Ne monte pas au sommet de la montagne.*

صَغِيرٌ pl. صِغَارٌ *petit*; adj. verbal du v. صَغُرَ *il a été petit.* صغار الامور تُهيج الكبار — *Les petites affaires réveillent les grandes.*

صَلَاةٌ et صَلَوةٌ plur. صَلَوَاتٌ *prière*, d'où vient la 2ᵉ forme صَلَّى *il a fait la prière.* Voy. حَيَوةٌ.

صَنَمٌ pl. أَصْنَامٌ *idole*; subst. masc.

صَوْتٌ pl. أَصْوَاتٌ *son; voix*; subst. masc.

صُورَةٌ pl. صُوَرٌ *forme, image*; subst. fém. d'où vient la 2ᵉ forme صَوَّرَ *il a formé, il a peint.*

صُوفٌ *laine*; subst. masc.

صَيَّادُونَ *chasseurs*; pl. du nom de métier صَيَّادٌ, qui est dérivé du v. concave صَادَ ; aor. يَصِيدُ *il a été à la chasse.* — لا بدّ للصيّاد من محبة الكلب *Le chasseur ne peut pas se passer de la compagnie du chien.*

صَيْدٌ *chasse* ; nom d'act. m. du v. concave صَادَ.

ض

ضَجِرَ f. *a. il s'affligea* ; v. 3ᵉ p. masc. sing. prétér.

ضَحِكَ f. *a. il a ri* ; v. 3ᵉ p. m. sing. prétér. — يضحك علينا *il rit de nous.*

ضَرَبَتْ *elle a frappé* ; 3ᵉ pers. fém. sing. prét. du v. ضَرَبَ. — اذا ضربتَ فاوجِعْ واذا اطعمتَ فاشبِعْ *Quand tu frappes, fais du mal, et quand tu donnes à manger, rassasie.*

ضَعُفَ f. *o. il est devenu faible* ; v. 3ᵉ pers. m. sing. prétér.

ضُعْفٌ *faiblesse*, nom d'act. m. du v. ضَعُفَ *il a été faible.*

ضَعِيفٌ *faible*; adj. verbal masc. du v. ضَعُفَ *il a été faible.* — ضعيفان يغلبان قويّا *Deux hommes faibles viennent à bout d'un homme fort.*

ضَمَّ f. *o. il resserra* ; v. sourd. 3ᵉ pers. masc. sing. prétér.

ضَيَّعَ *il a perdu* ; 3ᵉ pers. sing. prét. de la 2ᵉ forme du v. concave ضَاعَ *il a péri, il s'est perdu.* — La 2ᵉ forme donne souvent aux verbes neutres la signification relative. Voy. S. de Sacy, *Gramm. arab.* t. I, p. 130.

ط

طَارَتْ *elle s'est envolée* ; 3ᵉ pers. sing. fém. prét. du v. concave طَارَ f. *i.*

طَاوُسٌ pl. طَوَاوِيس *paon* ; s. m.

طَبْعٌ *nature, impression, caractère imprimé par la nature* ; subst. masc.

طَبِيعَةٌ *caractère, naturel, ce qui a été gravé dans notre cœur par la nature* ; subst. f. dérivé du v. طَبَعَ *il a imprimé.*

طُرُقٌ *chemins* ; pl. rompu du subst. طَرِيقٌ.

طَرَدَ *il a chassé* ; verbe à la 3e pers. masc. sing. prétér. En latin *trudere*.

طَرِيقٌ pl. طُرُقٌ *chemin, route, voie.* — Alg. *rue.* — Subst. du genre commun.

طَعَامٌ *nourriture* ; subst. masc. dérivé du v. طَعِمَ *il a mangé, il a goûté.*

طَلَبٌ *recherche* ; nom d'act. m. du v. طَلَبَ f. o.

طَلَبْتُ *j'ai cherché* ; 1re pers. sing. prét. du v. طَلَبَ. — مَن طلب العلم تكفّل الله برزقه *Celui qui recherche la science, Dieu lui assure sa nourriture.*

طُلُوعٌ *l'ascension* ; nom d'act. m. du v. طَلَعَ *il s'est levé, il a monté.* — اذا طلعت ذقن ابنك احلق انت ذقنك *Quand la barbe de ton fils paraît, rase-toi la barbe.*

طُولٌ *longueur* ; nom d'act. m. du v. concave طَالَ. — طول اللسان هلاك الانسان — *La longueur de la langue est la perte de l'homme.*

ظ

ظُلْمٌ *tort, injustice* ; nom d'act. masc. du v. ظَلَمَ *il a été injuste.* — ظُلْم الانسان يصرعه *L'injustice de l'homme retombe sur lui-même.*

ظَنَّ *il a pensé, il a cru* ; v. à la 3e pers. masc. sing. prét. — مَن ظنّ بك خيرًا فصدّق ظنّه *Justifie la bonne opinion que l'on a de toi.*

ظَنَّتْ *elle s'est imaginé, elle a pensé* ; 3e pers. fém. prét. du v. sourd ظَنَّ f. o.

ظَهْرٌ pl. ظُهُورٌ *dos* ; subst. masc.

ع

عَابِرٌ *passant* ; adj. verb. m. act. du v. عَبَرَ.

عَارَضَ *il a résisté* ; 3e p. m. sing. prét. de la 3e forme du verbe عَرَضَ *il s'est mis devant.*

عَاقِلٌ *intelligent, sage* ; adj.

verb. m. act. du v. عَقَلَ *il a compris, il a connu.*

عَالٍ fém. عَالِيَةٌ *élevé, haut;* adj. verbal du v. défect. عَلَا *il a été haut.*

عَالَمٌ pl. عَوَالِمُ , عَالَمُونَ *le monde, les créatures en général, l'univers;* subst. masc.

عَايِدًا *visitant;* acc. de l'adj. verbal du v. concave عَادَ.

عَايَنَ *il a vu;* 3ᵉ p. m. sing. prét. de la 3ᵉ forme du v. concave عَانَ *il a lancé un coup d'œil, il a regardé d'un mauvais œil.* Rac. عَينٌ *œil.*

عَبَرَ f. o. *il a passé; il a rencontré,* avec عَلَى ; 3ᵉ p. masc. singul. prétér. — الــذى يعبر بين البصلة و قشرتها ما ينوبه الا صنّتها *Celui qui s'introduit entre l'oignon et sa pelure, n'y gagne que la mauvaise odeur.*

عَبَرَتْ *elle a passé; elle a rencontré;* 3ᵉ p. fém. sing. prét. du v. عَبَرَ f. o.

عَجَلَةٌ *précipitation;* nom d'act. f. du v. عَجِلَ *il s'est hâté, il s'est dépêché.* — فى العجلة تكون الندامة *La précipitation (dans les affaires) entraîne le repentir.*

عَدُوٌّ pour عَدُووٌ *ennemi;* adj. verbal masc. formé du v. déf. عَدَا *il a été injuste envers quelqu'un, il a détesté.* — عدوّ ابيك عُمره ما يُصادقك *L'ennemi de ton père, tant qu'il vivra, ne sera jamais ton ami.*

عَرَفْنَا *nous avons connu;* ce prét. est ici employé au temps suppositif, à cause de sa dépendance de la conj. لَوْ. Fab. 10. — مَن عرف راس ماله باع واشترا *Celui qui connaît son capital vend et achète.*

عُرُوقٌ *racines;* pl. rompu du subst. m. عِرْقٌ — إنّ العروق علنها تنبت الشجر *C'est sur les racines que poussent les arbres.*

عَسَلٌ *miel;* subst. du genre commun.

عُشْبٌ *herbe, fourrage frais;* subst. m. opposé à حَشِيشٌ.

عَصْفٌ *souffle impétueux;* nom d'action masc. du v. عَصَفَ.

عَصَفَ f. i. *il a soufflé avec force;* v. à la 3ᵉ pers. masc. sing. prét.

عَطَبٌ *destruction, perte, mort;* nom d'act. m. du v. عَطِبَ *il a péri.*

عَطِشَ f. *a. il a eu soif*; v. à la 3ᵉ pers. sing. masc. prétér.

عَطِشَتْ *elle a eu soif*; 3ᵉ pers. fém. sing. prét. du v. عَطِشَ.

عَطْشَانُ *altéré*; adj. masc. — Les adjectifs qui se forment en ajoutant, après les radicales, la finale انُ, pourvu que leur première radicale ait pour voyelle un *fatha*, et qu'ils ne passent pas au féminin par l'addition de la lettre ة, sont de la seconde déclinaison.

عِظَمٌ *grandeur, grosseur d'un objet*; subst. masc.

عَظِيمٌ *grand, considérable, important*; adj. masc. — مَن طلب عظيما خاطر بعظيم. *L'ambitieux s'expose à de grands dangers.*

عُقَابٌ pl. عِقْبَانٌ *aigle*; subst. du genre commun.

عَقْرَبٌ pl. عَقَارِبُ *scorpion*; subst. du genre commun.

عَلَفٌ pl. أَعْلَافٌ، عِلَافٌ et عُلُوفَةٌ *fourrage*; subst. masc.

عِلْمٌ *l'action de connaître, la science*; nom d'act. m. du v. عَلِمَ. — اوّل العلم الصمت *La première partie de la science est le silence.*

عَلِمْتُ *j'ai su*; 1ʳᵉ pers. prét. du v. عَلِمَ f. *a.*

عَلَى *sur, au-dessus de, contre*; prépos.

عَمَّا *de ce que*; mot composé de la prép. عَنْ *de*, et du conjonctif neutre مَا *ce que*.

عُمْرٌ pl. أَعْمَارٌ *âge, vie*; subst. masc.

عَمَلٌ *travail, œuvre, ouvrage*; n. d'act. masc. du v. عَمِلَ.

عَمِلْتُ *j'ai fait*; 1ʳᵉ pers. sing. prét. du v. عَمِلَ. — اىّ شىء يعمل الحاسد مع الرازق *Que fait l'envieux à son bienfaiteur?* — مَن عمِل ما يحبّ لقى ما يكره *Celui qui fait ce qui lui plaît, éprouve ce qui lui déplaît.*

عَنْ *de*; prép. qui indique *la séparation, l'éloignement, l'exclusion.*

عِنْدِي *j'ai*, c'est-à-dire *chez moi est*; composé de la prép. عِنْدَ *chez* et du pron. affixe de la 1ʳᵉ pers. ى *moi*. — Les Arabes n'ont pas le v. *avoir*. — *A côté de, dans.* — عند الشدّة يُعرف الصديق *C'est dans le malheur qu'on reconnaît le véritable ami.*

عَنْزٌ *chèvre*; subst. masc. —

عنزة *une chèvre* (nom d'unité).

عَوْسَجٌ *buisson*; subst. masc.

عَوَّلْتُ *je me suis fié*; 1re pers. sing. prét. de la 2e forme du v. concave عَالَ *il s'est arrêté à une opinion.* — Les verbes à la 2e forme sont fréquemment synonymes de ceux de la 1re forme; ils expriment seulement une sorte d'énergie. — مَن عوّل على القضاء حصل على الرجا *Celui qui a confiance dans le destin obtient l'objet de ses espérances.*

عَيْنٌ pl. أَعْيَانٌ ، عُيُونٌ ، أَعْيُنٌ *œil, source*; subst. fém. dérivé de la 3e forme عَايَنَ *il a vu.* — العين تعرف العين *L'œil connaît l'œil.*

غ

غَرْقٌ *submersion*; n. d'act. masc. du v. غَرِقَ.

غَزَالٌ pl. غِزْلَانٌ *gazelle*; subst. masc.

غُرُورٌ *tromperie*; nom d'action du v. sourd غَرَّ *il a trompé.* — Il existe dans le vieux français un mot pareil, *gourer* (*duper*).

غِشٌّ *tromperie, action de duper*; nom d'act. masc. du v. sourd غَشَّ.

غَلَبَ f. i. *il a vaincu*; verbe à la 3e p. masc. sing. prét. — مَن غلب هواه لعقله هلك *Celui dont l'intelligence succombe à la passion est un homme perdu.*

غَيْرَ *autre que; seulement; outre que*; acc. du nom d'action غَيْرٌ *changement, différence*, pris adverbialement — بغير مشورة *sans prendre conseil.* — غيرَ أن *excepté que; mais.* — قد كنت عوّلت على ذلك غير انّني ارى *Je me fierais bien à cela, mais je vois...*

ف

فَ *or, alors*; conjonction qui sert : 1° à lier deux propositions, dont l'une dépend de l'autre, comme une conséquence plus ou moins forte. 2° à donner de l'énergie au discours, en séparant les différents membres d'une proposition, lorsque le sujet ou l'attribut sont complexes.

فَرَّ *il s'est enfui;* verbe sourd à la 3e p. masc. sing. prét. — فرّ مِن الدُبّ وقع فى الجبّ *Il fuit l'ours et tombe dans la fosse.*

فَرَسٌ pl. أَفْرَاسٌ ، فُرُوسٌ *jument, cheval;* subst. du genre commun.

فَشَا f. o. *il s'est étendu;* v. défect. à la 3e pers. masc. sing. prét.

فَضْلًا suivi de أَنْ *tant s'en faut, bien loin que, bien moins encore;* acc. pris adverbial. du nom d'action فَضْلٌ. Devant un nom il se construit avec عَنْ et devant un verbe, avec أَنْ.

فِضَّةٌ *argent* (métal); subst. fém.

فِعْلٌ pl. أَفْعَالٌ *action;* nom d'act. masc. du v. فَعَلَ *il a agi, il a fait.*

فَعَلْنَا *nous avons fait;* 1re pers. pl. prét. Ce prétérit a le sens suppositif, étant un des deux verbes d'une proposition hypothétique, et précédé de la conjonction لَوْ.

فَنِيَ *il a disparu, il s'est anéanti, il est mort;* v. défect. 3e pers. masc. sing. prét.

فِى *dans, sur;* préposition qui indique un rapport circonstanciel de temps ou de lieu.

ق

قَالَ f. o. *il a dit;* v. concave, 3e pers. masc. sing. prét.

قَائِلًا *disant;* adj. verb. masc. à l'acc. du v. conc. قَالَ. Voyez خَائِفٌ.

قَائِمًا *se levant, se dressant sur ses pattes;* acc. de l'adj. v. actif du v. concave قَامَ.

قَبَضَ f. i. *il a pris;* avec l'acc. ou avec عَلَى ; verbe 3e pers. masc. sing. prét.

قَتَلَ f. o. *il a tué;* v. 3e pers. masc. sing. prét.

قَدْ *déjà, certes, assurément, sans doute.* 1° Cet adverbe s'emploie avec les verbes au prétérit, pour déterminer ce temps à une signification passée, ou pour établir un ordre d'antériorité entre plusieurs prétérits. — 2° Placé devant un verbe au prétérit, il indique que l'événement passé est arrivé il y a peu de temps. — 3° Quand il précède le futur, il sert à affirmer un fait.

قَدِرَ *il a pu, il a eu le pouvoir de*; v. 3ᵉ p. masc. sing. prét. — لم اقدر على ذلك *Je n'ai point pu sur cela*, c'est-à-dire, *je n'ai point pu cela.*

قِدْرٌ pl. قُدُورٌ *marmite, chaudron*; subst. du genre commun. — أَدِّ قِدْرًا مُستعيرها *Que celui qui a emprunté une marmite, la rende.*

قُدْرَةٌ *pouvoir*; subst. fém. dérivé du v. قَدَرَ.

قَدَمٌ pl. أَقْدَامٌ *pied*; subst. fém.

قَدَّمَتْ *elle a mis en avant*, (*par extension*) *commis*, en parlant d'une faute, d'un crime; 3ᵉ p. sing. fém. prét. de la 2ᵉ forme du v. قَدَمَ *il a été en avant.* Voyez ضَبَّعَ.

قَرْنٌ plur. قُرُونٌ *corne*; subst. masc.

قُرُونٌ *cornes*; plur. rompu du subst. masc. قَرْنٌ.

قِطٌّ pl. قِطَاطٌ, قِطَطَةٌ *chat.* En anglais, *cat.* Subst. fém.

قَلْبٌ pl. قُلُوبٌ *cœur*; subst. masc. — شفاء القلوب لقاء المحبوب *Le remède des cœurs c'est la rencontre de l'objet aimé.*

قَلِيلٌ *minime, faible, petit*; adj. verbal du verbe sourd قَلَّ. — Opposé à كَثِيرٌ. — La plupart du temps cet adjectif signifie *dépourvu de, manquant de.*

قَوَائِمُ *pieds* (*d'une bête*); pl. rompu du subst. قَائِمٌ dérivé du v. concave قَامَ *il s'est tenu debout.*

قَوْمٌ nom collect. pl. أَقْوَامٌ *une réunion de gens*; subst. masc.

قُوَّةٌ *vigueur, force*; nom d'action fém. — Les verbes trilitères, dont la deuxième et la troisième radicale sont des lettres infirmes, réunissent ces deux lettres par un techdid, dans le nom d'action, quand la première est djezmée. Ainsi, قُوَّةٌ nom d'action de قَوِيَ est pour قُوْوَةٌ.

قَوِيَ *il est devenu fort;* aor. يَقْوَى v. doublement défect. 3ᵉ pers. masc. sing. prét.

قِيلَ *il a été dit;* 3ᵉ pers. masc. sing. pass. pr. du v. conc. قَالَ f.

ك

كَ *comme.* Cette particule préfixe est une préposit. qui sert à comparer. Ex. : هِيَ كَٱلْحِجَارَةِ *Ils sont comme les pierres.*

كَانَ *il a existé, il a été.* Ce verbe indique une existence, et il exige que l'attribut du sujet, dont il exprime l'existence, soit mis à l'accusatif. Construit avec لِ *à,* مَعَ *avec,* et عِنْدَ *chez,* il exprime la propriété et répond au verbe *avoir;* joint à l'aor. et au prét. il sert à former l'imparfait et le plus-que-parfait.

كَأَنَّ *comme si.* Ce mot, composé de la prépos. كَ et de la conjonct. أَنَّ, fait fonction d'adv. conjonctif : كَأَنَّكَ *comme si toi, il semble que toi.*

كَانَا *ils furent tous deux;* duel prétér. du v. concave كَانَ aor. يَكُونُ *être.*

كِبَارٌ *grands;* masc. plur. de l'adj. كَبِيرٌ.

كَبُرَ *il a été grand, il a été à charge;* v. 3ᵉ p. masc. sing. prétér.

كِبْرٌ *grandeur;* subst. masc.

كَبْشٌ *mouton;* subst. masc.

كَبِيرٌ pl. كِبَارٌ, كُبَرَاءُ *grand;* adj. m. dérivé du v. كَبُرَ *il a été grand.*

كَبِيرَةٌ *grande;* fém. de l'adj. كَبِيرٌ.

كَتِفٌ pl. أَكْتَافٌ *épaules;* subst. fém. — Les noms des parties du corps qui sont doubles sont du genre féminin.

كَثُرَ *il a été nombreux;* v. 3ᵉ pers. masc. sing. prétér.

كَثْرَةٌ *quantité;* subst. fém. dérivé du verbe كَثُرَ *il a été nombreux.*

كَثِيرٌ *nombreux;* adj. verbal masc. du v. كَثُرَ *il a été nombreux.*

كَثَّرَ *il a multiplié, rendu nombreux,* 3ᵉ p. masc. sing. pr. de la 2e forme du v. كَثَّرَ *il a été nombreux*. Voyez ضَبَّعَ.

كَثِيرِينَ *nombreux*; pl. acc. de l'adj. masc. كَثِيرٌ.

كَفٌّ pl. أَكُفٌّ (on dit aussi كُفُوفٌ) subst. fém. *paume de la main*.

كُلٌّ *le tout, la totalité*; subst. masc. — فِي كُلِّ سَنَةٍ *chaque année*. فِي كُلِّ السنة *pendant toute l'année, tout le long de l'année*.

كَلَامٌ *discours*; subst. masc.

كَلْبٌ pl. كِلَابٌ *chien*; subst. masc.

كَلَّمَ *il adressa la parole à*; 3e p. masc. sing. pr. du v. كَلِمَ. Rac. كَلَامٌ *parole*.

كُلَّمَا *toutes les fois que*; adv. de temps composé du substantif كُلّ *la totalité*, et du pron. مَا *ce que*.

كُنَّ *vous*; plur. fém. du pron. affixe de la 2e pers.

كَيْفَ *comme, comment*; adv. — كيف حالك *Comment te portes-tu?*

ل

لَ *certes*; particule d'énergie.

لِ *à, à cause de*; préposition qui désigne le motif et qui, jointe à كَانَ, exprime la propriété, la possession.

لَا *non, ne pas*: adv. négatif, qui nie une circonstance future. S'il précède l'aoriste conditionnel, il a une valeur prohibitive ou déprécative.

لِأَنْ *pour que*; adv. composé de la prép. لِ *pour*, et de la conj. أَنْ *que*.

لِأَيِّ *pour quel*; composé de la préposition لِ *à, pour*, et de أَيّ *quel*, fém. أَيَّةُ *quelle*; nom conjonctif. Il sert aussi à interroger, et il n'est déclinable ni usité qu'au singulier.

لَبِسَ f. a. *il s'est habillé*; verbe à la 3e p. masc. sing. prét. — لا تلبس ابيض بالليل المظلم *Ne t'habille pas en blanc pendant une nuit ténébreuse*.

لَبَنٌ *lait*; subst masc.

لَبُوَةٌ pluriel لَبَآتٌ et لَبُوَاتٌ *lionne*; subst. fém.

لَحِسَ *il a léché*; v. 3e p. masc. sing. prét.

لَحِقَ *il a atteint*; v. 3e p. masc. sing. prét.

لَحْمٌ pl. لُحُومٌ *viande;* subst. masc.

لِسَانٌ pl. أَلْسُنٌ *langue;* subst. du genre commun.

لَعَلَّ *peut-être, pour voir si.* Cet adverbe admet les pronoms affixes. M. de Sacy pense que عَلَّ est de sa nature un verbe, et que لَعَلَّ est composé de ce verbe et de l'adverbe affirmatif لَ.

لَقِيَ *il a rencontré;* v. défect. 3ᵉ pers. masc. sing. prét.

لَكَ *tu as,* c'est-à-dire *à toi est;* composé de la prépos. لِ qui indique *la propriété* ou *l'attribution,* et du pr. affixe de la 2ᵉ p. m. كَ *toi.* Cette prép. dans ce sens, répond au v. français *avoir.*

لَمْ *ne... pas;* adverbe négatif après lequel on doit toujours mettre l'aoriste au mode conditionnel.

لِمَا et لِمَ (apocopé) *pourquoi;* mot composé de la prépos. لِ et du nom conjonctif indéclinable مَا.

لَمَّا *lorsque;* adverbe conjonctif qui ne s'emploie qu'en parlant d'une chose passée.

لَوْ *si;* conj. qui a le sens suppositif. Sur la différence entre لَوْ et إِنْ voy. *Gramm. ar.* I, 561. — La particule أَنْ, ajoutée après لَوْ, fab. 22, 26, n'ajoute rien au sens.

لَوْلَا *si... ne;* conj. formée de la conj. لَوْ et de l'adv. négat. لَا.

لَوْمٌ *blâme;* nom d'action masc. du v. concave لَامَ.

لَوِّمْ *blâme;* 2ᵉ p. m. sing. impér. de la 2ᵉ forme du v. concave لَامَ *il a blâmé.*

لَيْتَ [*utinam*] *plût à Dieu que!* Cet adverbe prend les affixes.

لَيْسَ *il n'est pas;* لَيْسَتْ *elle n'est pas.* Ce verbe négatif n'a que le prétérit et se conjugue d'une manière assez analogue à la conjugaison des verbes concaves.

لَيْلَةٌ *nuit;* nom d'unité de لَيْلٌ pl. لَيَالٍ subst. du genre commun.

م

مَا *ne pas;* devant le futur, il nie une circonstance présente; devant le prétérit, il nie une circonstance passée depuis peu de temps.

مَا *ce qui, ce que;* conjonctif

indéclinable qui ne se dit que des êtres dépourvus de raison, animés ou inanimés, tandis que مَن s'applique aux êtres raisonnables.

مَآءٌ pl. مِيَاهٌ *eau;* subst. masc.

مَاتَتْ *elle est morte;* 3ᵉ pers. sing. fém. du verbe concave مَاتَ f. o.

مَاتُوا *ils sont morts;* 3ᵉ p. m. pl. prét. du verbe concave مَاتَ.

مَالٌ pl. أَمْوَالٌ *bien, propriété;* subst. masc. — المال والدنيا تزول وتبقى الاعمال *Les richesses et les biens de ce monde périssent, mais les bonnes œuvres restent.*

مُبَادَرَةٌ *précipitation;* nom d'act. fém. de la 3ᵉ forme du v. بَدَرَ *il s'est précipité.*

مُبَارَكٌ *béni* (*fortunatus*); part. masc. pass. de la 3ᵉ forme du v. بَرَكَ *il a plié les genoux.*

مِبْرَدٌ pl. مَبَارِدُ *lime;* subst. masc.

مِثْلَ *de même que, comme;* adv. qui se construit avec le génitif.

مَجْدٌ *gloire;* subst. m. dérivé du verbe مَجُدَ *il a été glorieux.*

مَجِيءٌ *venue;* nom d'act. m. du v. concave et hamzé جَآءَ *il est venu.* Rac.: جَوٌّ *intérieur d'une maison?*

مَحَالَةٌ *faux-fuyant, ruse;* nom d'act. fém. du v. conc. حَالَ *il a tourné, il a fait des circuits.* — لَا مَحَالَةَ *sans le moindre détour; sans doute;* ἀτεχνῶς.

مَحَبَّةٌ *amour, amitié;* subst. fém. dérivé du verbe sourd حَبَّ.

مَخَالِبُ *ongles, griffes;* plur. rompu du subst. مِخْلَبٌ dérivé du v. خَلَبَ *il a déchiré avec ses ongles.*

مُدَاوَمَةٌ *persévérance;* nom d'act. de la 3ᵉ forme du v. conc. دَامَ *il a duré.*

مَخْدُومٌ *servi;* part. pass. m. sing. du v. خَدَمَ *il a servi.*

مَدَّ f. o. *il a étendu;* v. sourd 3ᵉ pers. masc. sing. prét.

مَرَاعَةٌ *pâturage;* n. de lieu fém. du v. défect. رَعَى *paître.*

اَمْرَأَةٌ, مَرْأَةٌ *femme;* subst. fém. — مَرْأَةُ الأَبِ *belle-mère.* — Ce mot est le féminin de مَرْءٌ *homme, vir.*

مُرَآءَةً *par hypocrisie, hypocritement;* acc. pris adverbial.

du nom d'action fém. de la 3ᵉ forme رَآى *il a dissimulé*, du verbe hamzé et défect. رَأَى.

مِرْزَبَات *marteaux*; pl. rég. du nom d'instrum. fém. مِرْزَبَة dérivé du v. رَزَبَ *il a été fermement attaché*.

مَرَضٌ *maladie*; n. d'act. m. du v. مَرِضَ *il a été malade*.

مَرِضَ f. a. *il a été faible, malade*; v. 3ᵉ pers. masc. sing. prét.

مَرْضَى *malades*; pl. masc. de l'adj. مَرِيضٌ.

مَرْعُوبٌ *effrayé*; part. pass. m. du v. رَعَبَ.

مَرْعًى *pâture, pâturage*; nom d'act. m. du v. défect. رَعَى *paître*.

مَرْمِيٌّ pour مَرْمُوىٌ *jeté*; part. pass. masc. du verbe défect. رَمَى aor. يَرْمِي *il a jeté*.

مَرَّةً *une fois, un jour*; acc. du nom d'unité مَرَّةٌ pris adverbialement.

مُسَارَعَةٌ *précipitation*; nom d'action de la 3ᵉ forme du verbe سَرُعَ *il a été prompt*.

مُسْتَحِقٌّ *regardé comme digne*; part. masc. de la 10ᵉ forme du verbe sourd حَقَّ qui au pass. signifie *il a été digne*. أُشكر الاحسان تستحق احسانًا — *Sois reconnaissant des bienfaits, tu seras digne des bienfaits*.

مَسْلَخٌ *boucherie*; n. de lieu m. dérivé du v. سَلَخَ *il a écorché*. Les noms de lieu se forment de l'aoriste des verbes trilitères, en substituant un م au crément de l'aoriste.

مُسَلِّمٌ *saluant*; part. prés. masc. de la 2ᵉ forme du v. سَلِمَ *il a été sain et sauf*. La 2ᵉ forme emprunte sa signification du subst. سَلَامٌ *salut, salutation*.

مَشْوَرَةٌ *conseil*; subst. fém. dérivé du v. concave شَارَ, qui à la 4ᵉ forme signifie *conseiller*.

مَشْيٌ *marche*; n. d'act. m. du v. défect. مَشَى *il a marché*.

مُصَوِّرُونَ *peintres*; part. prés. pl. masculin. de la 2ᵉ forme du verbe concave صَارَ *il a tourné quelque part son visage*. La 2ᵉ forme emprunte sa signification au subst. صُورَةٌ *figure.* (Voyez ce mot.)

مَضَتْ *elle alla, elle marcha;* 3ᵉ pers. fém. sing. prét. du v. défect. مَضَى f. *i.*

مَضْغٌ *mastication;* n. d'act. m. du v. مَضَغَ f. *o.* et *a. il a mâché.*

مَضَى f. *i. il est allé, il a passé;* v. défect. 3ᵉ p. m. sing. pr.

مَضَيْتَ *tu t'en es allé;* 2ᵉ p. m. pr. du v. déf. مَضَى aor. يَمْضِي.

مَطْبَخٌ *cuisine;* n. de lieu m. du verbe طَبَخَ *il a cuit.*

مَطْبُوعٌ *imprimé;* part. pass. masc. du v. طَبَعَ *il a imprimé.*

مَطْرُودٌ *chassé;* part. pass. masc. du v. طَرَدَ *il a chassé.* En latin *trudere.*

مُعَاضَدَةٌ *aide;* n. d'act. fém. de la 3ᵉ forme du verbe عَضَدَ *il a aidé, il a prêté le bras à quelqu'un, il l'a soutenu.* Rac. عَضُدٌ *bras.*

مَعْرُوفٌ *bienfait, service qu'il faut reconnaître;* part. pass. masc. du verbe عَرَفَ *il a connu, reconnu,* pris substantivement.

مَعِيشَةٌ pl. مَعَائِشُ *vie, vivres;* nom fém. dérivé du v. concave عَاشَ f. *i. il a vécu.*

مَغَارَةٌ pl. مَغَائِرُ *grotte;* subst. fém.

مَغَائِرُ *grottes;* pl. rompu du subst. fém. مَغَارَةٌ dérivé du v. conc. غَارَ *il a été creux et profond.*

مَغْشِيٌّ *voilé;* participe passé du verbe défect. غَشِيَ. — مَغْشِيٌّ عَلَيْهِ *Un voile de ténèbres est tombé sur lui; il s'est évanoui* (ellipse).

مَفْقُودٌ *perdu;* part. pass. masc. du v. فَقَدَ *il a cherché en vain une chose, il l'a perdue.*

مِقْدَارٌ *puissance, valeur;* subst. dér. m. du v. قَدِرَ *il a pu, il a prévalu.*

مَكَانٌ plur. rompu أَمَاكِنُ *lieu;* subst. masc.

مُلُوكٌ *rois;* pl. r. du subst. m. مَلِكٌ.

مَمْلُوءَةٌ *remplie;* part. pass. fém. du v. hamzé مَلَأَ.

مِمَّنْ *de celui qui;* composé de la préposition مِنْ *de,* dont le ن s'est assimilé au م de مَنْ *celui qui.*

مِنْ *de;* prép. Elle indique le

point de départ et le commencement; le rapport entre une partie et le tout. Elle s'emploie aussi pour exprimer le *que* de comparaison.

مَنْ conjonctif indéclin. qui ne se dit que des êtres raisonnables. Ce qui le distingue de اَلَّذِى, c'est que, outre la valeur de l'adj. conj. *qui* ou *que*, il renferme encore l'idée de la chose qualifiée et signifie *celui qui* ou *celui que*. Voyez Silv. de Sacy, *Gr. ar.* t. I, p. 448.

مَنْظَرٌ *aspect;* subst. masc. dérivé du verbe نَظَرَ *il a regardé.*

مَنْفَعَةٌ *utilité;* subst. fém. dérivé du verbe نَفَعَ *il a été utile à;* avec l'acc.

مُنْقَلَبٌ *l'avenir;* part. masc. de la 7ᵉ forme du v. قَلَبَ *il a tourné et retourné,* pris substantivement.

مَوْتٌ *mort;* subst. masc. — الموت يعطى راحة *La mort donne le repos.*

مُوجُودٌ *trouvé;* part. pass. masc. du v. assimilé وَجَدَ.

مَوْضِعٌ plur. rompu مَوَاضِعُ *lieu, endroit;* subst. m. dérivé du verbe assimilé وَضَعَ *il a posé.*

ن

نَاسٌ *hommes;* plur. rompu du subst. إِنْسَانٌ qui signifie proprement *l'être sociable par excellence* et dérive du v. hamzé أَنِسَ *il s'est familiarisé, il s'est accoutumé à la société de, il a été sociable.*

نَالَ *il a atteint, il a obtenu, il a reçu;* verbe concave, 3ᵉ pers. masc. sing. prét.

نَامَ aor. يَنَامُ *il a dormi;* nom d'action نَوْمٌ *sommeil;* verbe concave, 3ᵉ p. m. sing. prét.

نَامُوسَةٌ nom d'unité du subst. masc. نَامُوسٌ *cousin, moustique.*

نَائِمٌ *dormant;* adj. verbal (nom d'agent) masc. du v. concave نَامَ.

نَحْلَةٌ nom d'unité de نَحْلٌ *abeille;* subst. du genre commun.

نَحْمِلُ *nous portons;* 1re pers. pl. aor. du verbe حَمَلَ.

نَرَى *nous voyons;* 1re pers. pl. aor. du verbe hamzé et défect. رَأَى.

نَزَعَ *il a ôté;* v. 3e p. m. sing. prét.

نَزَلَ f. *i. il est descendu;* verbe 3e pers. masc. sing. prét.

نُزُولٌ *descente;* n. d'act. m. du v. نَزَلَ *il a descendu.*

نُسُورٌ *aigles;* pl. romp. du subst. masc. نِسْرٌ.

نَصَبَ f. *o. il a planté, placé;* v. 3e p. m. sing. prét. — قَدْ نَصَبَ شَبَكَتَهُ *Il a déjà jeté son filet.*

نَظَرَ f. *o. il a regardé avec attention, il a vu;* v. 3e pers. masc. sing. prét.

نَظَرُوا *ils ont aperçu, ils ont vu;* 3e pers. masc. pl. prét. du v. نَظَرَ.

نَعْلَمُ *nous savons;* 1re pers. pl. aor. du verbe عَلِمَ.

نَفْسٌ pl. أَنْفُسٌ *âme;* **subst. féminin. Ce mot est employé pour exprimer le sens réfléchi, quand il est lié avec le pronom affixe.** نَفْسٌ, **ainsi que le subst. grec** ψυχή, **signifie à la fois** *l'âme* **et** *la vie.*

نُقْصَانٌ *diminution;* **n. d'act. m. du v.** نَقَصَ *il a été diminué, raccourci, abrégé.*

نَقْصِفَ *nous nous divertissons;* **1re pers. pl. aor. subjonctif du v.** قَصَفَ.

نِمْسٌ **pl.** نُمُوسٌ *fouine;* **subst. masc.**

يَنْفَعُوا *ils sont utiles, ils profitent à;* **3e pers. pl. du v.** نَفَعَ. — يَضُرُّنِي وَلَا يَنْفَعُكَ *Il me nuit sans te faire de bien.*

نَهْرٌ **pl.** أَنْهَارٌ *fleuve;* **subst. masc.**

نَوْمٌ *sommeil;* **nom d'act. m. du v. concave** نَامَ.

ه

هَارِبًا *fuyant;* acc. du part. act. m. du v. هَرَبَ f. *i.*

هَاهُنَا *ici même;* nom de lieu.— إِلَى هَاهُنَا *ici où je suis, huc.*

هُبُوبٌ *souffle;* **n. d'act. m. du v. sourd** هَبَّ.

هَذَا *ce;* fém. هَذِهِ *cette.* — يَا هَذَا, *ὦ οὗτος! ô toi celui-là!*

هَرَبْتُ *j'ai fui;* 1re pers. sing. prét. du v. هَرَبَ f. *i*

هَلَكَ f. *i. il a péri;* v. 3e p. m. sing. prétér.

هَلَكْتُ *j'ai péri;* le prét. se trouve employé ici, parce que ce verbe est la conséquence d'une condition. Voy. هَلَكَ.

هُمْ *eux;* pron. affixe masc. plur.

هُنَّ *elles;* pron. affixe fém. plur.

هُوَ *il, lui;* pron. pers. isolé, nom. masc.

هَوَانٌ *mépris, avanie;* nom d'act. du v. concave هَانَ *il a été peu estimé* ou *peu estimable.*

هُوذَا *voilà;* adv. — هوذا انا *me voilà!*

هَؤُلَاءِ *ces,* pl. m. du pronom démonst. هَذَا.

هِيَ *elle;* pron. isolé fém. sing. de la 3e pers.

و

وَ *et;* conjonction qui indique une simple liaison, sans indiquer, comme فَ, l'ordre des choses.

وَاجِبٌ *nécessaire;* adj. verbal du verbe assimilé وَجَبَ fut. يَجِبُ.

وَثَبَ f. يَثِبُ *il a sauté, il s'est élancé;* v. assimilé. 3e p. m. sing. prét.

وَجْهٌ plur. وُجُوهٌ *visage, mine, aspect, face;* subst. masc. — وجهٌ بلا حياء عودٌ قُشِرَ لِيطُه وسراج فنى سليطه *Un visage sans pudeur ressemble à un bois dont l'écorce a été arrachée, ou à une lampe dont l'huile est consumée.* — خرج على وجهه *Il est sorti en fuyant à toutes jambes.* — يا وجه الخير *O brave homme!* — أخذ وجهى *Il m'a déshonorée.* — وجه الحليب *Le dessus du lait.* — له وجه يعمل *Il a le front de faire...*

وُحُوشٌ *animaux sauvages;* plur. rompu du subst. m. وَحْشٌ.

وَزٌّ subst. masc. *oie;* nom d'unité وَزَّةٌ.

وَسْطٌ *milieu;* substant. masc. — فى وسط البستان *au milieu du jardin.*

وُصُولٌ *arrivée;* nom d'act. masc. du v. défect. وَصَلَ *il est arrivé.*

وَصَلَ fut. يَصِلُ *il est arrivé;* v. assimilé. 3ᵉ pers. m. sing. prét.

وَعَدَ fut. يَعِدُ *il a promis un bien, il a promis un châtiment;* v. assimilé à la 3ᵉ pers. sing. prétér.

وَقْتٌ pl. أَوْقَاتٌ *temps fixé, moment.* — وَقْتًا *une fois;* لِوَقْتِهِ . مِنْ وَقْتِهِ *aussitôt.* — وَقْتَ المَسَاءِ *le soir.*

وَقَعَ aor. يَقَعُ *il est tombé;* v. assimilé, 3ᵉ p. m. sing. prét.

وَقَعْتُ *je suis tombé;* 1ʳᵉ pers. prét. du v. assimilé وَقَعَ.

وَقَفَ f. يَقِفُ *il s'est tenu debout, il s'est arrêté;* v. assimilé 3ᵉ pers. sing. prét.

وُقُوعٌ *chute;* nom d'act. m. du v. assim. وَقَعَ *il est tombé.*

وَلَدًا *enfant;* subst. masc. mis à l'acc. à cause de la conjonct. أَنَّ qui le précède. — وَلَدٌ pl. أَوْلَادٌ.

وَلَّى *il s'en alla, il se détourna de;* 3ᵉ pers. m. sing. prét. de la 2ᵉ forme du v. assimilé وَلَى *il a été penché, ployé.*

وَيْلٌ *malheur;* subst. m. — وَيْلِي الوَيْلُ لِي *malheur à moi!* — *malheureux que je suis!*

ى

يَا *ô;* interject. destinée à exprimer le vocatif.

يَأْتُونَ *ils viennent;* 3ᵉ p. m. pl. aor. du v. hamzé et défect. أَتَى.

يَأْخُذُ *il prend;* 3ᵉ p. m. sing. aor. du v. hamzé أَخَذَ.

يَأْكُلَ *qu'il mange;* 3ᵉ pers. masc. singul. aor. subjonct. du v. hamzé أَكَلَ. — La prép. لِ *pour, afin que,* veut après elle l'aoriste au mode subjonctif.

يَأْكُلُوا *ils mangent;* 3ᵉ p. m. pl. aor. du v. hamzé أَكَلَ.

يَأْنَسَ *qu'il se familiarise;* 3ᵉ p. m. sing. aor. subj. du verbe hamzé أَنِسَ. Le subjonctif est mis ici à cause de la conjonction أَنْ qui précède.

يَبْلَعُ *il dévore*; 3ᵉ p. m. sing. aor. du v. بَلَعَ.

يَبِيعَ *qu'il vende*; 3ᵉ p. m. sing. aor. subjonctif du v. concave بَاعَ.

يَتَّجِهُ *il se dirige vers*; 3ᵉ pers. m. s. aor. de la 8ᵉ forme du v. assim. وَجَهَ. Voyez تَوَجَّهَ.

يَتَحَلَّى *il se pare*; 3ᵉ p. m. sing. aor. de la 5ᵉ forme du v. défect. حَلَى *il a paré.* — La 5ᵉ forme a souvent une signification qui répond à notre verbe réfléchi. (*Gramm. ar. vulg.* de M. Caussin de Perceval, p. 40, 2ᵉ édit.)

يَتْرُكُ *il abandonne*; 3ᵉ p. m. sing. aor. du v. تَرَكَ.

يَتَشَاجَرَانِ *ils se disputent tous deux*; duel aor. de la 6ᵉ forme du v. شَجَرَ *il a disputé, contesté.*

يَتَطَفَّلُوا *ils font les Tofaïls, ils viennent au festin sans être invités*; 3ᵉ p. m. plur. aor. de la 5ᵉ forme du v. طَفَلَ. — Ce verbe a été formé du nom de Tofaïl, célèbre parasite de Coufa, dont parle Hariri, édit. de Silv. de Sacy, p. 55.

يَتَظَلَّلُ *il se met à l'ombre*; 3ᵉ p. m. sing. aor. de la 5ᵉ f. du v. sourd ظَلَّ. Le sens de la 5ᵉ forme est dérivé du subst. masc. ظِلّ *ombre*, dans la langue basque, *itzala*.

يَتَغَافَلُ *il néglige par dédain*; 3ᵉ p. m. sing. aor. de la 6ᵉ forme du v. غَفَلَ *il a négligé.*

يَتَغَيَّرُ *il est changé, il change*; 3ᵉ p. m. sing. de la 5ᵉ forme du v. concave غَارَ *il a approvisionné.* La 5ᵉ forme se rapporte au subst. غَيْرٌ *changement.*

يَتَقَدَّمُ *il s'avance*; 3ᵉ p. m. sing. aor. de la 5ᵉ forme du verbe قَدَمَ *il a été en avant.*

يَتَهَنَّا *il se réjouit de, il profite de*; 3ᵉ p. m. sing. aor. de la 5ᵉ forme du v. hamzé هَنَأَ *être profitable à quelqu'un, lui être salutaire*, qui se dit surtout de la nourriture qu'on vient de prendre.

يَثْبُتْ *il reste, il est fixe*; 3ᵉ p. m. sing. aor. cond. du v. ثَبَتَ.

يُجَاوِرُ *il prend dans son voisinage, sous sa protection*; 3ᵉ p. masc. singulier aor. de la

3ᵉ forme du v. concave جَارَ *il a demandé protection, il s'est mis sous le patronage de quelqu'un.*

يَجِبُ *il convient;* 3ᵉ p. m. sing. aor. du v. assimilé وَجَبَ.

يَجِدْ *il trouve;* 3ᵉ p. m. sing. aor. conditionnel du v. assimilé وَجَدَ. Le verbe est mis ici à l'aoriste conditionnel à cause de l'adverbe négatif لَمْ qui le précède et qui lui donne la valeur d'un temps passé.

يَجْرِى *il court;* 3ᵉ p. m. sing. aor. du verbe défect. جَرَى — جرى وراءها ما لَحِقَهَا *Il a couru après elle sans pouvoir l'atteindre.*

يَجْسُرْ *il a osé;* 3ᵉ p. m. sing. de l'aor. condit. qui prend la valeur d'un temps passé, à cause de l'adverbe négatif لَمْ qui le précède.—جَسَرَ *oser quelque chose, oser faire une chose, être hardi, courageux.* — مَن جسر كسر أَيْسَرَ *Celui qui ose, brise et réussit.*

يَجْلِسُ *il s'assoit;* 3ᵉ p. m. sing. aor. du v. جَلَسَ. — لا تجلس فى مكان يقولوا لك قُمْ منه *Ne vous asseyez pas à une place que l'on peut vous faire quitter.*

يَجْعَلَ *il fixe, il pose;* 3ᵉ p. m. sing. de l'aor. subj. régi par la conjonct. أَنْ qui le précède. Prét. جَعَلَ.

يَجُوزُ *il convient, il est permis;* 3ᵉ p. m. sing. aor. du verbe concave جَازَ.

يُحِبُّ *il aime;* 3ᵉ p. m. sing. de la 4ᵉ forme du verbe sourd حَبَّ *il a aimé.* La 4ᵉ forme implique l'idée de *préférence.* — كما تُحِبّ أَن يَفعل اخوك بك فافعل به *Agis envers ton frère comme tu voudrais qu'il agît envers toi.*

يَحْتَالُ *il use de ruse, il prend des biais;* 3ᵉ p. m. sing. aor. de la 8ᵉ forme du v. concave حَالَ *il a été changé, altéré, il a dévié.*

يَحْتَجُّ *il prétexte,* 3ᵉ p. m. sing. aor. de la 8ᵉ forme du v. sourd حَجَّ *il a été vers* (*contendit*).

يَحْسِبُ *il calcule, il compte;* 3ᵉ pers. m. sing. aor. du verbe حَسَبَ.

يَخْدُمُ *il sert, il soigne;* 3ᵉ p. m. sing. aor. du v. خَدَمَ *cultiver* (une plante).

يَخْرُجُونَ *ils sortent;* 3ᵉ p. m. pl. aor. du v. خَرَجَ.

يَخْنُقُ f. o. *il étrangle;* 3ᵉ pers. masc. singul. aor. de خَنَقَ.

يَخُوضُ *il plonge;* 3ᵉ p. m. sing. aor. du v. concave خَاضَ.

يَدٌ pl. أَيْدٍ *main;* subst. fém.

يُدَبِّرَ *il arrange, il met de la suite dans les affaires, il organise;* 3ᵉ p. m. sing. aor. du mode subj. de la 2ᵉ forme du v. دَبَرَ *il a été par derrière, il a suivi.*

يَدَّعِي au lieu de يَدْتَعِي *il réclame pour lui un mérite, il se l'arroge;* 3ᵉ p. m. sing. aor. de la 8ᵉ forme du v. défect. دَعَا *il a appelé.* — Si la première radicale est une lettre analogue, pour la prononciation, au ت caractéristique de la 8ᵉ forme, par exemple un د, le ت se supprime, et l'on met, pour le remplacer, un *techdid* sur le د.

يَذْبَحُ *il sacrifie;* 3ᵉ p. m. sing. aor. du v. ذَبَحَ.

يَرْعَوْنَ *ils paissent, ils broutent;* 3ᵉ p. m. pl. aor. du v. défect. رَعَى.

يَرْكَبُ *il monte;* 3ᵉ p. m. sing. aor. du verbe رَكِبَ.

يُرِيدُ *il veut;* 3ᵉ p. m. sing. aor. de la 4ᵉ forme du v. concave رَادَ *il a demandé.*

يَزَالُ *il cesse;* 3ᵉ pers. m. sing. du v. concave زَالَ.

يَزْدَادُ *il est augmenté;* 3ᵉ p. m. sing. aor. de la 8ᵉ forme du v. concave زَادَ *il a été excessif.*

يُزَكَّى *il est justifié;* 3ᵉ p. m. sing. aor. du passif de la 2ᵉ forme du verbe défect. زَكَا *il a été pur, juste.*

يَزُورُ *il visite;* 3ᵉ pers. m. sing. aor. du verbe concave زَارَ.

يَسَارًا *à gauche;* acc. employé adverbialement de l'adjectif يَسَارٌ *gauche.*

يَسْبَحُ *il nage;* 3ᵉ pers. m. sing. aor. du verbe سَبَحَ.

يَسْتَبِقَانِ *ils luttent de vitesse, ils désirent se devancer l'un l'autre;* duel aoriste de la 8ᵉ forme du v. سَبَقَ *il a devancé.* — La 10ᵉ forme indique souvent le désir de l'action indiquée par la 1ʳᵉ.

يَسْتَحِمُّ *il désire se laver, il prend un bain;* 3ᵉ pers. masc. sing. de la 10ᵉ forme du v. sourd حَمَّ *il a fait chauffer de l'eau.*

يُسْدَى *il est donné;* 3ᵉ p. m.

sing. aor. pass. de la 4ᵉ forme du v. déf. سَدَا il a tendu la main. La 4ᵉ forme signifie proprement *être libéral, répandre des bienfaits sur quelqu'un, les verser sur lui comme une rosée bienfaisante*. Rac. : سَدًى *rosée qui tombe la nuit.*

يَسْقِي *il arrose, il donne à boire*; 3ᵉ p. m. sing. aor. du v. défect. سَقَى qui gouv. deux acc. — أَسْقَوْا آلسُّلطَانَ سُمًّا *Ils ont donné du poison à boire au sultan.*

يَسْمَعُ *il entend*; 3ᵉ p. m. sing. aor. du v. سَمِعَ.

يَسُومُونَ *ils demandent, ils exigent*; 3ᵉ pers. pl. masc. aor. du v. concave سَامَ *entrer en négociation avec quelqu'un pour une chose; proposer de; faire des propositions au sujet de....*

يَسِيرٌ *petit, peu considérable; facile*; adj. masc.

يَسِيرُ *il va, il marche*; 3ᵉ p. m. sing. aor. du verbe concave سَارَ.

يَسِيلُ *il coule*; 3ᵉ p. m. sing. aor. du v. concave سَالَ.

يُشَاكِلُ *il ressemble*; 3ᵉ p. m. sing. aor. de la 3ᵉ forme du v. شَكَلَ. La 3ᵉ forme dérive du subst. شَكْلٌ *ressemblance.*

يَشْتِمُونَ *ils injurient, ils insultent*; 3ᵉ p. m. pl. aor. du v. شَتَمَ.

يَشْتَهُونَ *ils désirent*; 3ᵉ p. m. pl. aor. de la 8ᵉ forme du v. défect. شَهِيَ *il a désiré.*

يَشْرَبُ *il boit*; 3ᵉ p. m. sing. aor. du v. شَرِبَ.

يَشْرَبُونَ *ils boivent*; 3ᵉ p. m. pl. aor. du v. شَرِبَ.

يُصِبْ *il trouve*; 3ᵉ p. m. sing. aor. condition. de la 4ᵉ forme du v. concave صَابَ.

يُصَدِّقُ *il croit sincère*; 3ᵉ p. m. sing. aor. de la 2ᵉ forme du v. صَدَقَ *il a été sincère.*

يُصَفِّقُ *il fait du bruit en battant des mains ou des ailes*; 3ᵉ p. masc. singul. aor. du verbe صَفَقَ.

يَصْلُحُ *il convient*; 3ᵉ p. m. sing. aor. du v. صَلَحَ.

يُصْلِحُ *il améliore*; avec l'acc. 3ᵉ p. masc. sing. aor. de la 4ᵉ forme du v. صَلَحَ *il a été droit, il a été bon.*

يَصِلُوا *ils arrivent ;* 3ᵉ p. m. pl. aor. du v. assimilé **وَصَلَ**.

يَصِيحُ *il crie ;* 3ᵉ p. masc. sing. aor. du v. concave **صَاحَ**.

يَصِيدُ *il chasse ;* 3ᵉ p. m. sing. aor. du v. concave **صَادَ** ; n. d'action **صَيْدٌ**. — **هذا يصيد وهذا ياكل السمك** *L'un pêche, tandis que l'autre mange le poisson.*

يَضْطَرِبَانِ *ils se débattent tous deux ;* duel aor. de la 8ᵉ forme du v. **ضَرَبَ** *il a battu.* — Le **ت** caractéristique de la 8ᵉ forme s'est changé en **ط**, à cause de la lettre emphatique **ض** qui le précède.

يَطْرَحُوا *ils rejettent ;* 3ᵉ p. m. pl. aor. du verbe **طَرَحَ**. — **لا تطرح الدرّ تحت ارجل الخنازير** *Ne jetez pas les perles sous les pieds des pourceaux.*

يَطْرُدُ *il chasse ;* 3ᵉ p. m. sing. aor. du v. **طَرَدَ**. En latin, *trudere.*

يَطْلُبُ *il cherche ;* 3ᵉ p. m. s. aor. act. du v. **طَلَبَ**.

يُطْلَبُ *il est cherché ;* 3ᵉ p. m. sing. aor. pass. du v. **طَلَبَ**.

يَظُنُّ *il croit ;* 3ᵉ p. m. sing. aor. du v. **ظَنَّ**.

يُظْهِرُ *il montre, il fait voir, il rend manifeste ;* 3ᵉ p. m. sing. aor. de la 4ᵉ forme du v. **ظَهَرَ** *il a été manifeste, il a été clair comme le jour.* Rac. **ظُهْرٌ** *midi, le jour dans son plein.*

يُعَاشِرُ *il fréquente, il vit dans la société de ;* 3ᵉ p. m. sing. aor. de la 3ᵉ forme du v. **عَشَرَ**.

يَعْبُدُ *il adore ;* 3ᵉ p. m. sing. aor. du v. **عَبَدَ**.

يَعْرِضُ *il résiste ;* 3ᵉ p. m. sing. aor. du v. **عَرَضَ**.

يَعْرِفُ *il sait ;* 3ᵉ p. m. sing. aor. du v. **عَرَفَ**.

يَعْرُكُ *il frotte ;* 3ᵉ pers. sing. aor. du v. **عَرَكَ**.

يَعَضُّ *il mord ;* 3ᵉ p. m. sing. aor. du v. sourd **عَضَّ**.

يَعْضُدْ *il aide ;* 3ᵉ p. m. sing. aor. conditionnel du verbe **عَضَدَ**.

يَعْلَمُونَ *ils connaissent ;* 3ᵉ p. m. pl. aor. du v. **عَلِمَ**. — **لو علم الجاهل جهله لم يكن**

جاهلا *Si l'ignorant connaissait son ignorance, il ne serait pas ignorant.*

يَعْمَلُ *il fait, il agit*; 3ᵉ p. m. sing. aor. du v. عَمِلَ.

يَعْنِى *il signifie*; 3ᵉ pers. sing. masc. aor. du v. défect. عَنَى. — On emploie cette 3ᵉ pers. dans le sens de *c'est-à-dire*.

يَعُودُونَ *ils visitent*; 3ᵉ pers. m. pl. aor. du v. concave عَادَ *il a visité; il est retourné; il a rejeté.*

يَغْرَقُونَ *ils se noient*; 3ᵉ p. m. plur. aor. du v. غَرِقَ; nom d'action غَرْقٌ.

يَفْتَخِرُ *il se glorifie*; 3ᵉ p. masc. sing. aor. de la 8ᵉ forme de فَخَرَ *il s'est glorifié.*

يَفِرُّ *il s'enfuit*; 3ᵉ p. m. aor. du v. sourd فَرَّ.

يُفْسِدُ *il corrompt, il gâte*; 3ᵉ p. m. sing. aor. de la 4ᵉ forme du v. فَسَدَ *il a été corrompu, gâté.* — La 4ᵉ forme est le plus souvent transitive.

يُفْلِسُ *il devient pauvre, il est ruiné*; 3ᵉ pers. aor. subjonctif de la 4ᵉ forme du v. فَلَسَ *il a été pauvre*; 2ᵉ forme فَلَّسَ *il a reconnu, il a déclaré quelqu'un comme pauvre.*

يَقْدِرْ *il peut*; 3ᵉ p. m. sing. aor. conditionnel, qui a le sens passé, à cause de la négation لَمْ qui le précède. — قَدِرَ.

يَقَعُ *il tombe*; 3ᵉ p. m. sing. aor. du v. assim. وَقَعَ.

يَقُومُ *il se lève*; 3ᵉ p. m. sing. aor. du v. concave قَامَ.

يُقِيمُ *il reste*; 3ᵉ p. m. sing. aor. de la 4ᵉ forme du verbe concave قَامَ *il s'est levé.*

يُكْسَبُ *il est gagné*; 3ᵉ p. m. sing. aor. pass. du v. كسب, يَكْسِبُ.

يَكُونَا *ils sont tous deux*, 3ᵉ pers. duel aor. du verbe concave كَانَ.

يُلَامَ *il est blâmé*; 3ᵉ p. m. sing. aor. subj. pass. du v. concave لَامَ.

يَلْحَسُ *il lèche*; 3ᵉ p. m. sing. masc. aor. du v. لَحِسَ.

يُلَوِّمُ *il blâme vivement*; 3ᵉ p. m. sing. aor. de la 2ᵉ forme du v. concave لَامَ *il a blâmé.* — La 2ᵉ forme est fréquemment synonyme de la 1ʳᵉ; elle exprime seulement une sorte d'énergie.

يَمْشِي *il marche ;* 3ᵉ p. m. sing. fém. aor. du verbe défect. مَشَى.

يُمَكِّنَانِ *ils donnent à quelqu'un les moyens, le pouvoir de ;* 3ᵉ p. duel aor. de la 2ᵉ forme du v. مَكَنَ *il a eu du crédit, du pouvoir à la cour.*

يَمْلِكُ *il possède ;* 3ᵉ p. m. sing. aor. du v. مَلَكَ.

يُمَيِّزُ *il distingue, il examine,* 3ᵉ pers. masc. singulier aor. du mode subj. de la 2ᵉ forme du v. concave مَازَ *il a distingué des choses entre elles.*

يَمِينًا *à droite ;* acc. de l'adjectif يَمِينٌ *droit,* employé adverbialement.

يَنَالُ *il obtiendra ;* 3ᵉ p. m. sing. aor. du verbe concave نَالَ.

يَنْصُبُ *il plante, il place ;* 3ᵉ p. m. sing. aor. du v. نَصَبَ.

يَنْهَشُونَ *ils mordent ;* 3ᵉ p. m. pl. aor. du v. نَهَشَ.

يَهْتَمُّ *il prend souci de, il s'occupe de ;* 3ᵉ p. m. sing. aor. de la 8ᵉ forme du v. sourd هَمَّ *il s'est préoccupé du soin de.*

يَهْجُمَ *il attaque, il se précipite sur ;* 3ᵉ p. m. sing. aor. subj. régi par la conjonction أَنْ qui précède.

يَهْدَأُ *il reste tranquille, calme ;* 3ᵉ p. m. sing. aor. du verbe hamzé هَدَأَ.

يُهْلِكُونَ *ils font périr ;* 3ᵉ p. m. pl. aor. de la 4ᵉ forme du v. هَلَكَ *il a péri.*

يَوْمًا *un jour ;* acc. pris adverbialement du substantif m. يَوْمٌ pl. أَيَّامٌ.

يُيَقِّظُ *il réveille ;* 3ᵉ p. m. sing. aor. de la 2ᵉ forme du v. assim. يَقِظَ *il a été vigilant, il a veillé.*

FIN.

BIBLIOTHÈQUE ROYALE I

فهرست الامثال للقمان

أَسَدٌ وَثَعْلَبٌ (Le Lion et le Renard, 4) ٤

أَسَدٌ وَثَعْلَبٌ (Le Lion et le Renard, 6) ٦

أَسَدٌ وَثَوْرٌ (Le Lion et le Taureau, 5) ٥

أَسَدٌ وَثَوْرَانِ (Le Lion et les deux Taureaux, 1) ١

أَسَدٌ وَإِنْسَانٌ (Le Lion et l'Homme, 7) ٧

أَرْنَبٌ وَلَبُوَةٌ (Le Lièvre et la Lionne, 11) ١١

أَرَانِبُ وَثَعَالِبُ (Les Lièvres et les Renards, 10) ١٠

أَسْوَدُ (Le Nègre, 23) ٢٣

مَرْأَةٌ وَدَجَاجَةٌ (La Femme et la Poule, 12) ١٢

إِنْسَانٌ وَأَسْوَدُ (L'Homme et le Nègre, 17) ١٧

إِنْسَانٌ وَحَيَّتَانِ (L'Homme et les deux Serpents, 40) ٤٠

إِنْسَانٌ وَخِنْزِيرٌ (L'Homme et le Cochon, 19) ١٩

إِنْسَانٌ وَصَنَمٌ (L'Homme et l'Idole, 16) ١٦

إِنْسَانٌ وَفَرَسٌ (L'Homme et la Jument, 18) ١٨

إِنْسَانٌ وَٱلْمَوْتُ (L'Homme et la Mort, 14) ١٤

بُسْتَانِيٌّ (Le Jardinier, 15) ١٥

ٱلْبَطْنُ وَٱلرِّجْلَانِ (L'Estomac et les deux Pieds, 32) ٣٢

بَعُوضَةٌ وَثَوْرٌ (Le Moucheron et le Taureau, 13) ١٣
حَدَّادٌ وَكَلْبٌ (Le Forgeron et le Chien, 29) ٢٩
حَمَامَةٌ (La Colombe, 27) ٢٧
خُنْفُسَةٌ وَنَحْلَةٌ (Le Frelon et l'Abeille, 24) ٢٤
دِيكَانِ (Les deux Coqs, 35) ٣٥
ذِئْبٌ (Le Loup, 21) ٢١
ذِئَابٌ (Les Loups, 36) ٣٦
سُلَحْفَةٌ وَأَرْنَبٌ (La Tortue et le Lièvre, 20) ٢٠
اَلشَّمْسُ وَالرِّيحُ (Le Soleil et le Vent, 34) ٣٤
صَبِيٌّ (L'Enfant, 25) ٢٥
صَبِيٌّ وَعَقْرَبٌ (L'Enfant et le Scorpion, 26) ٢٦
اَلْعَوْسَجُ (Le Buisson, 22) ٢٢
غَزَالٌ (La Gazelle, 2) ٢
غَزَالٌ (La Gazelle, 3) ٣
غَزَالٌ وَأَسَدٌ (La Gazelle et le Lion, 8) ٨
غَزَالٌ وَثَعْلَبٌ (La Gazelle et le Renard, 9) ٩
قِطٌّ (Le Chat, 28) ٢٨
كَلْبٌ وَأَرْنَبٌ (Le Chien et le Renard, 31) ٣١
كَلْبٌ وَذِئْبٌ (Le Chien et le Loup, 38) ٣٨
كَلْبٌ وَشُوحَةٌ (Le Chien et le Milan, 41) ٤١
كَلْبَانِ (Les deux Chiens, 39) ٣٩

كِلَابٌ وَثَعْلَبٌ (Les Chiens et le Renard, 30)............. ٣٠
أَلنِّمْسُ وَٱلدَّجَاجُ (La Fouine et les Poules, 33)........... ٣٣
أَلْوَزُّ وَٱلْخُطَّافُ (L'Oie et L'Hirondelle, 37)............... ٣٧

www.ingramcontent.com/pod-product-compliance
Ingram Content Group UK Ltd.
Pitfield, Milton Keynes, MK11 3LW, UK
UKHW020934180726
13838UKWH00002B/941

9 782329 305820